黄河 泰山 长城

国徽 国歌 国旗

给我们巍峨 壮阔 尊严

给我们信仰 力量 骨气

中华文化是母亲的血脉

哺育我们顶天立地

祖国呵

我们热爱你 感恩你

我愿自己的生命之舟

在你的怀抱里航行

驶向未来的美好绚丽

——谭仲池《生命之舟》

家国

永远的生命归依

谭仲池——主编

岳麓書社·长沙

图书在版编目(CIP）数据

家国：永远的生命归依 / 谭仲池主编. -- 长沙：岳麓书社，2025.4. -- ISBN 978-7-5538-2267-9

I. I267

中国国家版本馆CIP数据核字第2025EK0877号

JIAGUO:YONGYUAN DE SHENGMING GUIYI

家国：永远的生命归依

谭仲池 主编

出 版 人 | 崔　灿
出版统筹 | 马美著
责任编辑 | 周家琛　陈文韬　周　艳　陶嶒玲
曾　倩　肖　航　夏楚婷
责任校对 | 舒　舍
书籍设计 | 罗志义

岳麓书社出版发行
地址 | 长沙市岳麓区爱民路47号
承印 | 湖南省众鑫印务有限公司

开本 | 880mm × 1230mm 1/32　印张 | 10　字数 | 185千字
版次 | 2025年4月第1版　印次 | 2025年4月第1次印刷
书号 | ISBN 978-7-5538-2267-9
定价 | 96.00元

如有印装质量问题，请与本社印务部联系
电话 | 0731-88884129

序

祖国，我深爱着你

谭仲池

我可爱的祖国啊

我们永远属于你的

每一寸土地

每一棵绿树

每一朵小花

每一滴雨露

每一缕清风

乃至每一秒阳光

祖国呵 我是如此深爱着你

——题记

梁漱溟先生在《中国文化要义》一书中说道：“中国的家族制度在其全部文化中所处地位之重要，及其根深蒂固，亦是世界闻名的。中国老话有‘国之本在家’及‘积家而成国’之说。”

习近平总书记指出："中国人历来讲求精忠报国，革命战争年代母亲教儿打东洋、妻子送郎上战场，社会主义建设时期先大家后小家、为大家舍小家，都体现着向上的家庭追求，体现着高尚的家国情怀。"

本书《家国：永远的生命归依》的要义就是着眼于对家与国的关系、文化对于爱国主义精神的滋养及国家力量的形成展开探讨，从而引导人们建设美好家庭，深爱伟大祖国，增进民族团结，为推进中国式现代化，实现民族复兴贡献聪明才智和全部力量。

热爱祖国，忠于祖国是我们永远的生命归依。

方志敏深陷国民党黑暗的监狱，他依然心怀光明和对祖国的无限热爱，写出了永放心灵光芒的《可爱的中国》，这是中国共产党人的爱国宣言书。他在书中含泪倾诉："母亲！美丽的母亲，可爱的母亲，只因你受着人家的压榨和剥削，弄成贫穷已极……以致现出怪难看的一种憔悴褴褛和污秽不洁的形容来！""亡了母亲的孩子，不是到处更受人欺负和侮辱吗？朋友们，兄弟们，赶快起来，救救母亲呀！无论如何，不能让母亲死亡的啊！""谁要想将有四千年历史与四万万人口的中国民族吞噬下去，我们是会与他们拼命战斗到最后的一人！"

这是母亲的儿子不屈的呐喊，全体中华儿女的呐喊！

这就是儿子决死保护母亲的一腔热血倾诉！

现在我们伟大的祖国已进入新的时代，方志敏在《可爱的中国》中描绘的“朋友，我相信，到那时，到处都是活跃跃的创造，到处都是日新月异的进步，欢歌将代替了悲叹，笑脸将代替了哭脸，富裕将代替了贫穷，康健将代替了疾病，智慧将代替了愚昧，友爱将代替了仇杀，生之快乐将代替了死之悲哀，明媚的花园将代替了凄凉的荒地！这时，我们民族就可以无愧色地立在人类的面前，而生育我们的母亲，也会最美丽地装饰起来，与世界上各位母亲平等地携手了”的美好憧憬已变成了光辉的现实。而我们这些由母亲哺育的一代又一代的子孙们，绝对不可忘记曾经为救母亲出水火，而像方志敏一样壮烈牺牲的千千万万的优秀儿女。

谢幼伟先生在他所著《孝与中国文化》一书中强调：“中国文化在某一意义上，可谓为‘孝的文化’。孝在中国文化上作用至大，地位至高，谈中国文化而忽视孝，即非于中国文化真有所知。”漫长的历史演变进程也告诉我们，一个崇尚孝文化的民族，也必然是一个孝家忠国的民族。岳飞的“尽忠报国”就是最好的历史注释。

热爱祖国，忠于祖国，要从一点一滴做起，家长要成为典范。

随着国家的富强，人们对美好生活向往的逐渐实现，物质文明、精神文明、生态文明的协调发展，人们的国家观、家国情怀也在不断增强和升华。每年都涌现出一批最美家庭、文明家庭、绿色家庭和“中国好人”“道德楷模”，其中不少就是爱国爱家、爱岗敬业、友善邻里、维护民族团结的典型人物。在他们身上，闪耀着中华优秀传统文化与中国现代先进文化相融合的思想道德光芒。

本书列举的许多生动事例，不仅可以为我们提供学习的样板，更为我们守正创新，探索新时代家庭、家教、家风建设新模式，提供思维空间和实践方向。其中最关键的因素，每个家庭都要从一点一滴做起，贯穿全部的生活内容，特别要强调家长示范，起到表率作用。

亲爱的朋友，让我们驾驶着生命之舟，在阳光照耀下，在春风吹拂下，载着梦想的绮丽，驶向未来的辉煌和壮阔。

目录

第二编 我们的古老而可爱的祖国

第四编 深厚的家国情怀是新时代家国观的内核

建设好家国

第一编

浓浓家国情

“从来中国社会组织，轻个人而重家族，先家族而后国家。轻个人，故欧西之自由主义遂莫能彰；后国家，故近代之国家主义遂非所夙习。……是以家族本位为中国社会特色之一。”[1] 天下之本在国，国之本在家。家国是永远的生命归依。本章主要讲述家国同构的格局，家国的演变与家国理念的形成和升华；家国本是一体，家是最小的国，国是千万家；家国情怀的孕育，中华民族精神蕴含的家国理想追求。

[1] 陈顾远著，《中国法制史》，第74页，转引自《中国文化要义》，梁漱溟著，上海人民出版社2011年6月第2版，第17页。

第一节　家国同构的格局

历史是一个国家的记忆和走过的足迹及对未来的启示。在古代，中国是农业—宗法社会，聚族而居，由父系家长制演变成宗法制度，即以嫡系长子继承为主要特征。家庭、家族和国家都是以血亲—宗法关系建构起来的大宗、小宗结构，进而构成一个族权和行政权合二为一的政治实体，家和国在政治结构上紧密相连。这就是所谓的“家国同构”。

在我国古代，“周天子自称是上天的长子，其王位由嫡长子世袭，是大宗；其余的儿子分封为诸侯，是小宗。诸侯的君位也由嫡长子世袭，在本国是大宗；其余儿子分封卿、大夫，对诸侯来说是小宗。卿、大夫在本族是大宗；其余儿子是士，对卿、大夫来说是小宗。也就是说，嫡长子这一系是大宗，其余的子孙是小宗。其中，大宗尊于小宗，嫡长子尊于其余诸子。这样，宗族组织和国家组织合二为一，宗法等级和政治等级完全一致，形成了稳定的秩序”[1]。诸侯相对天子是小宗，在自己封国内却又是大宗。由此类推，由家族走向国家，形成家国一体的格局。当时“国”的概念就是天子分封诸侯建立诸侯国，而“家”的概念就是诸侯又分封采邑给卿、大夫，这里的卿、大夫即家。“中国人说近就是身家，说远就是天下，而其归趣则在‘四海兄弟’、‘天下一家’。”[2]现代所称的家国，就是这样演变而来的。家国理念形成后，具体是怎么升华的呢？

假如我是一只鸟，

我也应该用嘶哑的喉咙歌唱：

这被暴风雨所打击着的土地，

[1]王力著，《古代汉语》，中华书局1978年版，转引自《家风家训》，郭丹、李金云、李彬源编著，党建读物出版社2022年3月第1版，第4页。

[2]梁漱溟著，《中国文化要义》，上海人民出版社2011年6月第2版，第297页。

这永远汹涌着我们的悲愤的河流，
这无止息地吹刮着的激怒的风，
和那来自林间的无比温柔的黎明……
——然后我死了，
连羽毛也腐烂在土地里面。
为什么我的眼里常含泪水？
因为我对这土地爱得深沉……

这首《我爱这土地》是现代著名诗人艾青（1910—1996）于1938年11月17日写的一首现代诗，同年12月发表于桂林出版的《十日文萃》。1938年10月，武汉失守，日本侵略者的铁蹄猖狂地践踏中国大地。作者和当时文艺界许多人士一同撤出武汉，汇集于桂林，满怀对祖国的挚爱和对侵略者的仇恨而写下了这首诗。“土地”构成了作者诗歌的中心意象，是民族精神的象征，是中华文明的象征，也是祖国命运的象征，其中聚集着作者对祖国和大地母亲深深的爱，这种感情在这首诗中得到充分的反映：诗人表示要像鸟一样歌唱祖国大地；死了，也要使自己融进祖国的土地中。

一、家国同根

所谓家国同根，指的是家庭、家族与国家在文化、价值观和行为准则上具有深厚的根基、紧密的联系和一致性。它强调个人、家庭和国家形成一个命运共同体，其中家庭的和谐、秩序、价值观直接影响国家的稳定和发展。

那么，怎样理解家国同根呢？一是从历史和文化的角度来看，国家是由无数个家庭组成的。家庭是社会的基本单位，承载着培养下一代、传承文化和价值观的重要责任。家庭的稳定和繁荣是国家稳定和繁荣的基础。二是从情感的层面来看，人们对家庭的爱和责任往往会延伸到对国家的热爱和忠诚。一个人对家人的关怀、照顾和奉献，与对国家的建设、发展和捍卫有着相似的情感驱动。三是从发展的角度来看，国家的政策和发展状况直接影响着每个家庭的生活质量

从情感的层面来看，人们对家庭的爱和责任往往会延伸到对国家的热爱和忠诚。一个人对家人的关怀、照顾和奉献，与对国家的建设、发展和捍卫有着相似的情感驱动。

和未来。国家的繁荣富强能为家庭提供更好的教育、医疗、就业等机会和保障；而家庭中个体的努力和成就也能为国家的发展贡献力量。总之，家国同根意味着家庭和国家命运相连、休戚与共，家庭的幸福依托于国家的昌盛，国家的强大也离不开千万家庭的支持与努力。

中华民族仁厚文雅的思想观念，中国人善思善悟的智慧，让我们血脉相承、绵延不绝，而其他古国早已消失得无影无踪。“与其说中国是一个政治实体，不如说中国是一个文明——从古延续至今的唯一文明。从孔子时代起，埃及、巴比伦、波斯、马其顿、罗马帝国先后消亡，但中国不断改变，存续至今。”[1]

“旧日中国之政治构造，比国君为大宗子，称地方官为父母，视一国如一大家庭。所以说‘孝者所以事君，弟者所以事长，慈者所以事众’；而为政则在乎‘如保赤子’。自古相传，二三千年一直是这样。”[2]此种现象，皆因儒家文化长期作为中国社会主流文化。

家训是中华传统文化的一部分。在原始家庭发展到以父系血

[1]［英］伯特兰·罗素著，田瑞雪译，《中国问题》，中国画报出版社2019年9月第1版，第234页。

[2]梁漱溟著，《中国文化要义》，上海人民出版社2011年6月第2版，第82页。

缘结合形成宗族社会、原始父系家长制衍化为宗法制度的尧舜时期，部落间的政治联姻、帝位传承（宝训）等事关宗族大事的规训和教导以及“五教”（义、慈、友、恭、孝），可视为家训的萌芽和早期形式。随着宗族势力的扩大、私有制的出现和捍卫宗族利益的需要，“家”天下王朝的出现成为必然。而家天下王朝的基石和纽带正是血缘家庭关系，即所谓家国同构、家国一体。在这种古代社会机制下，宗族成员的社会化、家族之间的生存竞争、家庭内部的家务分担、抚育晚辈的教化责任、维系家族的安和永续、协调内部人际关系等事关家族和国家存亡的需要，是中国家训这一特殊文化现象得以数千年绵延不绝的社会条件和历史根据。[1]

最近看到一则视频，爷爷与孙女璐璐一问一答。

请问长江为什么叫江，而黄河叫河呢？为什么呀？爷爷给你举个例子，你就明白了。水在水上叫什么？冰。水在地上叫什么？雪。水在地下叫什么？泉。水在天上叫什么？云。水在空中叫什么？雨。水在风中叫什么？雾。润物好雨叫？霖泽。乌云降

[1]郭丹、李金云、李彬源编著，《家风家训》，党建读物出版社2022年3月第1版，第18页。

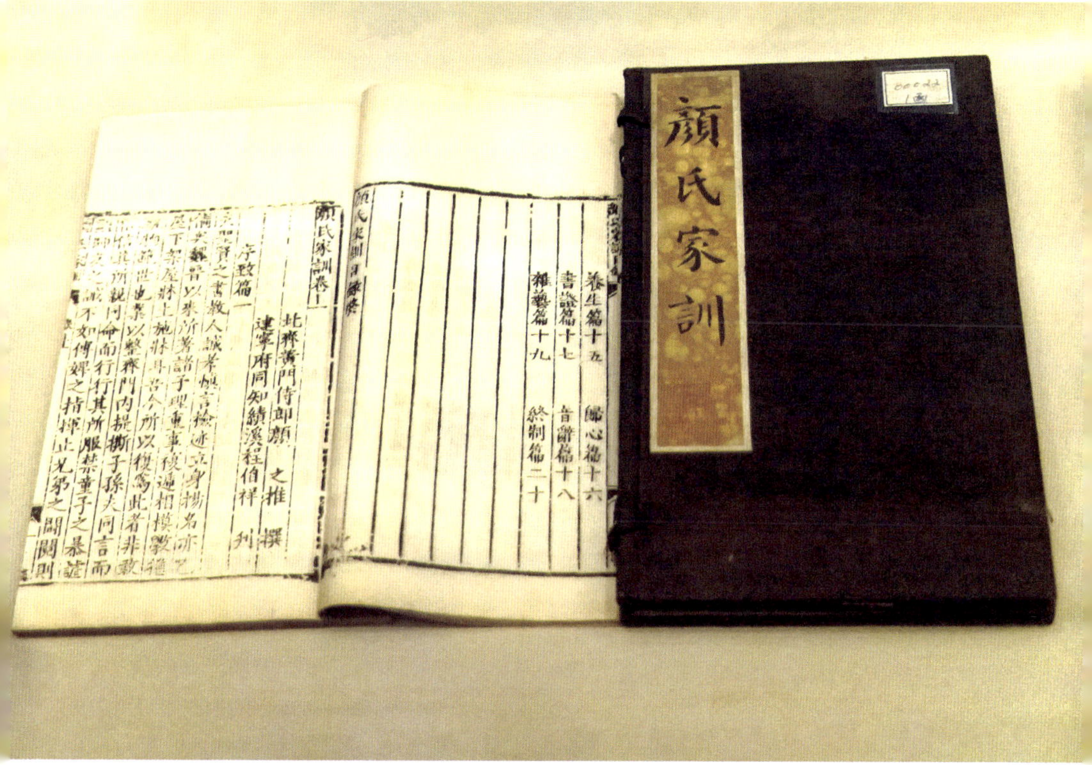

中国家训的典范之作——《颜氏家训》

雨叫？起水。久旱逢雨叫？甘霖。君子之交叫？淡如水。朋友之交叫？甘如霖。老师在古代叫什么？夫子。老板在古代叫什么？东家。经理在古代叫什么？掌柜。医生在古代叫什么？郎中。厨师在古代叫什么？伙夫。百姓住的叫？家。贵族住的叫？府。财主住的叫？宅。临时住所叫？寓。极其简陋叫？庐。嫔妃住的叫？宫。帝王住的叫？殿。僧人住的叫？寺。供奉祖先的叫？祠。有顶无墙叫？亭。亭加墙加窗叫？屋。重屋叫？楼。楼的四面开窗叫？阁。把亭拉长叫？廊。有窗的廊或小屋叫？轩。有底座露天的亭叫？台。把台放大做祭祀叫？坛。台临水而建叫？榭。我国四大名楼是什么？滕王阁、黄鹤楼、岳阳楼、鹳雀楼。我国的国色是什么？中国红。国风是？汉服。国茶是？龙井茶。国瓷是？景德镇瓷器。我国八大奇迹是什么？万里长城、秦始皇兵马俑、圆明园、北京故宫、马王堆汉墓、京杭大运河、都江堰、红旗渠。你要写中国，就不能只写中国。要写千里神州、万家灯火，要写五岳雄奇、江河磅礴，要写秦汉的厚重、唐宋的巍峨，要写五千年的漫长、九百六十万平方公里的辽阔。你要写中国，就不能只写中国。要写心的炙热、爱的清澈，要写觉醒年代的光、涅槃重生的火，要写两岸飘香的稻花、清晨放飞的白鸽，你要写“愿以寸心寄华夏，且将岁月赠山河”，这才是我们中国。孙女真棒。[1]

回到最前面的一个问题，有人在视频底下留言：江，四季水不枯；河，雨季水大，冬季水枯或断流。所以一般南方叫江，北方叫河。从这个视频中可以看出：包括语言文字在内的中国传统文化博大精深、瑰丽多彩，作为一个中国人应感到无比的光荣与自豪，我们要更加热爱自己的祖国，将祖国五千年的悠久灿烂的文化传承好、发扬好。

常言道：文化是根，也是灵魂。当代著名作家梁晓声曾说过：“文化是植根于内心的修养，是无需提醒的自觉，是以约束为前提的自由，是为别人着想的善良。”这四句话不仅揭示了文化的本质，也描绘了有教养的人的行为特征。植根于内心的修养，指的是一个人的内在品质和道德修养，这些修养

“文化是植根于内心的修养，是无需提醒的自觉，是以约束为前提的自由，是为别人着想的善良。”

[1]选自“璐璐语出惊人”视频号，2024年10月。

京杭大运河

是通过长期的教育和自我提升形成的。无需提醒的自觉，意味着一个人在面对各种情境时，能够自然而然地做出正确的选择，而不需要外界的提醒或督促。以约束为前提的自由，这里的“约束”指的是遵守社会规则和道德规范，而“自由”则是在这些约束下所获得的内心自由。为别人着想的善良，这体现了对他人的关心和尊重，是文化中最重要的部分之一。因此，文化不仅仅是外在的表现，更是内在修养的体现，我们要正确理解文化的本质，并在日常生活中实践和提升自己的文化修养，使家国同根枝繁叶茂。

二、家国同伦

所谓家国同伦，是指家庭和国家在伦理道德、政治原则等方面存在相同的准则和价值观念，具有共通性和一致性。家庭中的伦理关系，如父母与子女之间的慈爱与孝顺、夫妻之间的相互尊重与忠诚等，与国家层面的君臣之间的忠诚与责任、公民对国家的义务与奉献等，在本质上有相通之处。

在家庭中，良好的伦理关系能够营造温馨和睦的氛围，促进家庭成员的成长和发展。同样，在国家中，遵循共同的伦理准则，能够建立和谐稳定的社会秩序，推动国家的进步和繁荣。从个人角度看，一个在家庭中遵守伦理道德、关爱家人、承担责任的人，往往也更有可能在需要为国家作出贡献时表现出正直、忠诚和担当。家国同伦强调了家庭伦理与国家治理之间的内在联系，意味着个人在家庭中的道德修养和行为规范能够延伸并应用到对国家的态度和行动中，个人通过维护好家庭的伦理秩序，进而为国家的良好秩序和发展作出贡献。

一个在家庭中遵守伦理道德、关爱家人、承担责任的人，往往也更有可能在需要为国家作出贡献时表现出正直、忠诚和担当。

卫宣公是春秋时代卫国的国君，他年轻时与自己的庶母夷姜私通并生下儿子伋。后来，卫宣公为伋求娶齐国公主宣姜为妻，但自己却被宣姜的美貌所吸引，便趁伋出使郑国的时候，将宣姜纳为夫人，据为己有。这一行为不仅违背了伦理道德，也引发了家庭内部的矛盾和纷争。显然，卫宣公的行为不值得提倡。他的故事从一个侧面反映了家国同伦的复杂性。在古代社会，君主作为国家的象征和代表，其个人行为往往会对国家产生深远的影响。卫宣公的行为不仅破坏了家庭伦理道德，也损害了国家的形象和利益。这就提醒我们，在家国同伦的观念下，个人的行为举止必须符合社会道德规范和国家利益要求。

“三纲五常”是中国传统文化中非常重要的伦理道德观念。它不仅反映了古代社会对于人际关系的理解，也体现了对于个体道德修养的要求。所谓“三纲”，即君为臣纲、父为子纲、夫为妻纲，这三者构成了中国古代社会的基本人际关系框架。君为臣纲，意味着君主是臣子的表率，臣子应忠诚于君主；父为子纲，则是指父亲应教导子女，子女应尊敬并听从父亲的教诲；夫为妻纲，意味着丈夫应关爱妻子，妻子应顺从丈夫。这三纲体现了古代社会对于等级秩序的强调，同时也要求每个个体在各自的角色中尽到责任和义务。所谓“五常”，即仁、义、礼、智、信，这五个字是对个体道德修养的基本要求。仁，指关爱他人、同情弱者；义，指做事应当公正、合理；礼，指规范行为、尊重他人；智，指明辨是非、具备判断力；信，指诚实守信、言行一致。五常的提出，旨在引导人们树立正确的价值观，培养高尚的品德，从而实现个人和社会的和谐共处。

清末著名文化学者辜鸿铭指出："儒家的整套学说，也就是我所讲的国家信仰，真正包含的只有两个东西——对君王的忠诚和对父母的孝顺，用汉语来说，就是'忠孝'。事实上，中国人说的三纲，即儒家学说中最重要的三个信仰，按照它们的重要程度依次是：第一，对君主的绝对效忠；第二，孝敬父母，敬奉祖先；第三，婚姻神圣和妻子对丈夫的绝对服从。三项条款中的后两条已经包含在我说的家庭信仰，或者孔子时代之前的旧式宗族信仰里了，而第一条——对君主的绝对效忠，是孔子首先倡导的，并借此为中华民族确立了国家信仰和新的宪章。"[1]由此可见，中国人把敬奉祖先与忠君之道放在了同样重要的位置，旧时的中国家家户户都供奉着祖先的牌位，每一个村镇都有祖先的祠堂。为了尊敬并效忠君主，必须先爱父母。并且，男女之间的爱，孕育了君子之道。孔子将国家观念（即人们对国家和君主应承担义务的观念）写进他所著的《春秋》一书中，即所谓"春秋大义"，从而创立了一个社会宗教或称国家宗教，这是他"对中华民族的最大贡献"。

由于受儒家文化思想长期的熏陶与影响，中国绝大多数民众

[1]辜鸿铭著，孙永译，《中国人的精神》，湖南人民出版社2022年5月第1版，第77—78页。

注重自身修身养性，具有家国情怀。“居轩冕之中，不可无山林的气味；处林泉之下，须要怀廊庙的经纶。”“进德修道，要个木石的念头，若一有欣羡，便趋欲境；济世经邦，要段云水的趣味，若一有贪著，便坠危机。”[1]这就是说身居要职享受高官厚禄的人，要有山林之中淡泊名利的思想；而隐居山林清泉的人，要胸怀治理国家的大志和才能。凡是培养道德磨炼心性的人，必须具有木石般坚定的意志，如果对世间的名利奢华稍有羡慕，那么就会落入被物欲困扰的境地；凡是治理国家拯救世间的人，必须有一种行云流水般淡泊的胸怀，如果有了贪图荣华富贵的念头，就会陷入危险的深渊。所谓“居庙堂之高则忧其民，处江湖之远则忧其君”，“先天下之忧而忧，后天下之乐而乐”，正是中国最广大知识分子常怀的忧国忧民、心忧天下、先忧后乐的情怀。

三、家国同在

所谓家国同在，指的是家庭、家族与国家在时空存在上的紧

[1]李伟编注，《菜根谭全编》，岳麓书社2006年7月第1版，第147页、150页。

密联系，强调的是家庭与国家之间的共生共荣关系。

它包含了多层含义：一是从空间角度理解，家是个体生活的具体场所，国是由无数个这样的家庭所组成的广阔地域，家在国内，国包含着家，二者在地理空间上是共存的。二是从情感和心理层面看，对个人来说，对家的眷恋和对国的热爱是同时存在且相互交融的。家给予个人温暖、关爱和归属感，国则提供了和平、稳定和发展的大环境，保障着无数家庭的幸福。人们对家乡的思念、对亲人的牵挂，与对祖国的自豪、对民族的认同紧密相连，不可分割。三是从时间维度来说，家的历史和记忆与国的发展历程相互交织。一个家族的兴衰可能与国家的命运息息相关，国家的进步或挫折也会深刻影响到每一个家庭。无论是过去、现在还是未来，家与国始终共同经历着岁月的变迁。家国同在还意味着个人的责任与担当，在追求家庭幸福的同时，也要为国家的繁荣富强贡献力量，因为家的安宁离不开国的强盛，国的兴盛也是家的福祉所在。

根据2015年3月发生的也门撤侨事件而改编的电影《红海行动》讲述了如下故事：索马里海域外，中国商船遭遇劫持，部分船员被海盗杀害，其他人沦为俘虏。蛟龙突击队沉着应对，潜入商船进行突袭，成功解救全部人质。狙击手罗星在追击海盗时不幸被击中脊柱神经，欠缺的位置由顾顺替代。返航途中，非洲北部伊维亚共和国政局动荡，恐怖组织连同叛军攻入首都，当地华侨面临危险。海军战舰接到上级命令改变航向，前往执行撤侨任务。蛟龙突击队八人，整装待发。时间紧迫，在“撤侨遇袭可反击，相反则必须避免交火，以免引起外交冲突”的大原则下，海军战舰及蛟龙突击队在恶劣的环境下，停靠海港，成功转移等候在码头的中国侨民，并在激烈的遭遇战之后，营救了被恐怖分子追击的中国领事馆人员。然而事情尚未完结，就在掩护华侨撤离之际，蛟龙突击队收到中国人质被恐怖分子劫持的消息。众人深感责任重大，义无反顾地再度展开营救行动。“影片不仅体现出近年来中国军队的发展和强大，更凸显了中国军人热爱和平、不惧牺牲的英雄气概和国际人道主义精神，彰显了国家利益、国家精神、国家形象和中国荣光。”（中国电影文学学会副会长赵葆华评论）

另一部根据利比亚撤侨真实事件改编的电影《万里归途》，2022年获得第三届“光影中国”荣誉盛典2021—2022年度荣誉推介电影奖，2023年获得2022微博之夜荣誉微博年度影响力电影奖。该片剧情讲述努米亚共和国爆发战乱，由于使馆人手不够，原本只是协助撤侨工作，当天往返回国的前驻地外交官宗大伟与外交部新人成朗临危受命，主动放弃回家机会，支援撤侨行动。任务顺利结束，却得知还有一批被困同胞，正在白婳的带领下，前往边境撤离点。情急之下，两人放弃了回家机会，逆行进入战区。赤手空拳的外交官，穿越战火和荒漠，面对反叛军的枪口，他们要带领同胞走出一条回家之路。该片表现了在国家的有力指挥下，那些具体执行撤侨任务的外交官、中资企业负责人等个体如何以勇气、信念、忠诚、智慧与能力去完成撤侨。

溪水急着要流向海洋
浪潮却渴望重回土地
在绿树白花的篱前
曾那样轻易地挥手道别
而沧桑的二十年后
我们的魂魄却夜夜归来
微风拂过时
便化作满园的郁香

蒙古族著名画家、诗人、散文家席慕蓉（1943— ）这首创作于1979年8月的诗歌《七里香》，以溪水与浪潮起兴，引出对过往时光的怀念。诗中描绘了一个游子在历经沧桑后，对故乡和年轻时光的深深眷恋。全诗以七里香为背景，通过描绘离别场景、表达魂魄归来的渴望以及寄托满园的郁香等方式，深化了游子的情感，展现了他们对故乡的深深眷恋和无法割舍的情感。

家国同在的理念在海外游子的心中感受尤深，一个强大的祖国是海外华人的坚强靠山，游子无论走到哪里、走得多远，也总是将祖国母亲、将故乡深藏于梦里、魂里。

四、家国同运

所谓家国同运，是指家庭的命运与国家的命运是同步的、相互关联的。它常用来表达家庭的兴衰与国家的整体状况有着密切的联系。

它可以从以下几个方面来理解：从发展的趋势和方向来看，家庭的命运和国家的命运往往是同向而行的。当国家繁荣昌盛、经济发展迅速、社会稳定和谐时，家庭通常能够享受到更好的物质生活、更完善的公共服务、更多的发展机会，家庭成员的幸福指数也会相应提高。反之，当国家面临困境、遭遇危机或发展受阻时，家庭也会受到不同程度的影响，可能面临经济压力、就业困难等问题。在历史的进程中，家国的兴衰常常紧密相连。国家经历的重大变革、战争、灾难等，都会直接或间接地改变无数家庭的命运。同时，家庭作为社会的基本细胞，家庭成员的努力和贡献也会汇聚成推动国家发展的力量。从命运的相互依存关系来看，国家的命运决定了家庭的生存环境和发展空间，而家庭的稳定、和谐与进步又是国家繁荣昌盛的基础。家庭的奋斗和梦想与国家的发展目标相契合，共同构成了一个国家发展的动力和方向。总之，“家国同运”强调了家庭和国家在命运上的休戚与共、相互关联，个人和家庭的发展与国家的前途紧密相连，只有国家兴旺发达，家庭才能幸福美满，而家庭的积极作为也会促进国家的繁荣昌盛。

从命运的相互依存关系来看，国家的命运决定了家庭的生存环境和发展空间，而家庭的稳定、和谐与进步又是国家繁荣昌盛的基础。

著名外交家、中国首任联合国副秘书长唐明照（1910—1998），广东恩平人。1920年代初，唐明照随父母移居美国旧金山。

1927年回国，1930年至1933年就读于清华大学政治学系。1933年至1937年在美国加州大学伯克利分校学习。曾任中共北平市委组织部部长、《美洲华侨日报》社长和总编辑、美国共产党中国局书记。回国后历任要职，于1972年至1979年任联合国副秘书长。1980年后，任中联部顾问。唐明照被外交界誉为“美国通”，主要从事中美等地区的民间外交和中共中央的对外联络工作，多次受到周恩来总理的赞扬，为中美破冰作出了很大贡献。

他的两个女儿唐闻生、唐建文都是出色的外交人才。特别是唐闻生作为新中国外交界最优秀的英语译员，被遴选为毛泽东和周恩来的英语翻译，书写中国外交传奇。唐闻生在回忆父亲唐明照对自己的影响时说：“父亲是一位很正直的人，非常讲究原则，但又很讲道理。他的言传身教是我终生的财富。”唐妈妈张希先女士曾经是燕京大学未名湖畔“最漂亮的姑娘”，参加过一二·九运动，后来又在美国哥伦比亚大学攻读硕士学位，学成之后成为一名儿童教育事业的推动者。1938年，唐明照、张希先在美国纽约结婚。1943年唐闻生出生，1950年随父母回国，在父母亲的悉心教导之下，她继承了父辈的事业。在中国20世纪70年代的外交史中，她亲身见证了中美建交等许多影响世界格局的重大事件。2024年3月，她荣获“翻译文化终身成就奖”。

唐家父女的命运与祖国的命运紧紧联系在一起，与祖国同荣辱、共进退。家国同构，家国同运，形成一个牢不可破、休戚与共的“命运共同体”。

第二节 家国本是一体

“中国的家族制度在其全部文化中所处地位之重要，及其根深蒂固，亦是世界闻名的。中国老话有‘国之本在家’及‘积家而成国’之说；在法制上，明认家为组织单位。中国所以至今被人目之为宗法社会者，亦即在此。”[1]家庭是国家的缩影，国家是家庭的扩大和延伸。中国人的家国本是一体，家是最小的国，国是千万家。

[1]梁漱溟著，《中国文化要义》，上海人民出版社2011年6月第2版，第17页。

论及家庭对于中国人之重要，近代著名爱国实业家卢作孚（1893—1952）在其所著《中国的建设问题与人的训练》一书中曾有过大段论述：“家庭生活是中国人第一重的社会生活，亲戚邻里朋友等关系是中国人第二重的社会生活。这两重社会生活，集中了中国人的要求，范围了中国人的活动，规定了其社会的道德条件和政治上的法律制度。……人从降生到老死的时候，脱离不了家庭生活，尤其脱离不了家庭的相互依赖。……最好是你能兴家，其次是你能管家，最叹息的是不幸而败家。家庭是这样整个包围了你，你万万不能摆脱。”[1]而家国相连互济，恋家爱国、保家卫国乃顺理成章。

家庭生活是中国人第一重的社会生活，亲戚邻里朋友等关系是中国人第二重的社会生活。

[1]梁漱溟著，《中国文化要义》，上海人民出版社2011年6月第2版，第18页。

一、恋家爱国

什么叫恋家爱国？它是指对家庭和国家的深厚感情和忠诚。它体现了个体对家庭的责任感以及对国家的热爱和忠诚，是社会主义核心价值观的重要组成部分。

我们可以这样理解："恋家"体现了对家庭、家乡、亲人的深厚情感和眷恋。家是人们成长的摇篮，是给予温暖、关爱和安全感的地方。对家的依恋反映了对亲情、熟悉环境和美好回忆的珍视，是一种基于血缘和亲密关系的自然情感。"爱国"则是对自己国家的热爱和忠诚。国家是更大的共同体，它提供了法律、秩序、文化和社会环境，保障了公民的权利和尊严。爱国意味着对国家的历史、文化、价值观的认同和尊重，包括对国家领土和同胞的热爱，愿意为国家的繁荣、富强和利益贡献力量。"恋家爱国"之间存在着内在的联系。家庭是国家的基本组

家庭是国家的基本组成单位，一个充满爱和温暖的家庭是国家和谐稳定的基石。而一个强大、繁荣的国家又为无数家庭创造了良好的生存和发展条件。

成单位，一个充满爱和温暖的家庭是国家和谐稳定的基石。而一个强大、繁荣的国家又为无数家庭创造了良好的生存和发展条件。恋家所培养出的对亲人的关爱、对责任的担当以及对和谐生活的追求，可以延伸到对国家的热爱之中。爱国并非抽象的概念，它体现在对家乡的热爱、对同胞的关怀以及对国家发展的积极参与。同时，恋家爱国也反映了个人情感与社会责任感的统一。对家庭的深情让人们懂得珍惜身边的人和事，而将这种情感扩展到国家层面，就会激发为国家的繁荣和进步而努力奋斗的决心和行动。

朋友！中国是生育我们的母亲。你们觉得这位母亲可爱吗？我想你们是和我一样的见解，都觉得这位母亲是蛮可爱蛮可爱的。以言气候，中国处于温带，不十分热，也不十分冷，好像我们母亲的体温，不高不低，最适宜于孩儿们的偎依。以言国土，中国土地广大，纵横万数千里，好像我们的母亲是一个身体魁大、胸宽背阔的妇人，不像日本姑娘那样苗条瘦小。中国许多有名的崇山大岭，长江巨河，以及大小湖泊，岂不象征着我们母亲丰满坚实的肥肤上之健美的肉纹和肉窝？中国土地的生产力是无限的；地底蕴藏着未开发的宝藏也是无限的；废置而未曾利用起来的天然力，更是无限的，这又岂不象征着我们的母亲，保有着无穷的乳汁，无穷的力量，以养育她四万万的孩儿？我想世界上再没有比她养得更多的孩子的母亲吧。至于说到中国天然风景的美丽，我可以说，不但是雄巍的峨嵋，妩媚的西湖，幽雅的雁荡，与夫“秀丽甲天下”的桂林山水，可以傲睨一世，令人称羡；其实中国是无地不美，到处皆景，自城市以至乡村，一山一水，一丘一壑，只要稍加修饰和培植，都可以成流连难舍的胜景；这好像我们的母亲，她是一个天资玉质的美人，她的身体的每一部分，都有令人爱慕之美。中国海岸线之长而且弯曲，照现代艺术家说来，这象征我们母亲富有曲线美吧。[1]

这是著名的红军将领方志敏1935年5月2日写于囚室的名篇《可爱的中国》的一个段落，虽然是在那个多灾多难战火纷飞的战争年代，虽然他身处国民党反动派的狱中，条件十分艰苦，但他饱含着对祖国母亲的无限深情与眷恋，对祖国气候、国土、物产、风景等进行了优美细腻的描写与歌咏，至今令人敬佩不已！

[1]方志敏著，《可爱的中国》，江苏凤凰文艺出版社2017年1月第1版，第18—19页。

创造历史！北京时间8月8日凌晨，中国花样游泳队在巴黎奥运会上以996.1389分的总成绩获得集体项目金牌。这是中国花样游泳首次问鼎奥运冠军。创造历史的是长沙妹子张雅怡与她的队友冯雨、常昊、王赐月、王柳懿、王芊懿、肖雁宁、向玢璇。

张雅怡，这位平时生活中喜欢小猪佩奇、猫咪和巧克力牛奶的90后女孩，在赛场上始终铭记“国旗在胸前是心中的信仰，国旗在身后是支撑的力量”，化身一朵在碧波间翩跹而舞的芙蓉花，打动了在场所有裁判和观众。

在竞技体育赛场，往往越是临近胜利，越要保持良好心态。张雅怡的母亲任雪曼似乎深谙此道，没有向孩子传递压力。“这几天雅怡的比赛很密集，我们也不好去打扰她。给她发信息也是简单的问候，不给她压力。希望她发挥出自己的最佳水平，我相信中国花游队的实力，也相信雅怡可以和队友取得满意的成绩。”

任雪曼嘴上这样说，但要说大家一点都不紧张、不激动，那也是骗人的。

橘洲君注意到，比赛开始后，任雪曼不仅双眼紧紧地盯着大屏，而且双手不时地摩挲膝盖。等到中国队登场时，任雪曼激动地伸出手指：“看！那个是雅怡！”房间里立刻掀起一阵热闹的欢呼声，橘洲君此刻完全听不清电视里解说的声音了。接下来中国姑娘的水中表演，欢呼声、赞叹声、鼓掌声此起彼伏、经久不息。表演结束时，橘洲君才发现，任雪曼的手不知什么时候被紧紧地握在了丈夫掌中。

等到成绩公布，泪水与红晕齐齐涌上任雪曼的脸庞，她说："真的太激动了！我们终于夺冠了！要感谢所有一直在背后默默支持雅怡的人！雅怡取得今天的成绩真的不容易，我给她打100分！这块金牌背后有汗水，有泪水，还有伤痛。作为妈妈真的很心疼，但是能够为国争光，所有的付出都是值得的。"[1]

长沙姑娘张雅怡与她的队友在巴黎奥运会上夺得花样游泳集体项目金牌，为国争光，汗洒赛场。她的父母亲等长沙亲友深夜观战，分享奥运荣光，激动万分。

恋家爱国是中华优秀传统文化的基本维度和重要标识，是每个中华儿女对华夏命运共同体的一种认同和宗奉。著名科学家、"两弹一星"功臣梁思礼，在美国拿到博士学位后毅然回国效力，为建设祖国作出贡献。被誉为"糖丸爷爷"的顾方舟，为

[1]《41年的金牌梦，长沙妹子张雅怡做到了！》，中流击水的橘洲君，山水洲城记2024年8月9日。

研制小儿麻痹症疫苗不惜冒着终身瘫痪的风险。被誉为“敦煌的女儿”的樊锦诗，为保护敦煌文化瑰宝，与丈夫两地分居长达19年。通过这些例子，我们可以看到恋家爱国不仅仅是一种情感表达，更是一种行动指南，激励着一代又一代人为国家的繁荣富强而努力奋斗。

二、保家卫国

什么叫保家卫国？它是指保卫家乡和祖国的行为，它体现了对家庭和国家的深厚感情和责任感。它强调的是在战争时期，保护人民的生命和财产安全，以及维护国家的领土完整和尊严。

我们可以从以下几个方面来理解：从字面上看，“保家”意味着保护自己的家庭、家园和亲人，使他们免受侵害和威胁；“卫国”则是捍卫国家的主权、领土完整、尊严和利益，维护国家的和平与稳定。从意义和价值层面，保家卫国是一种神圣的责任和使命。家庭是个人生活的港湾和情感的寄托，国家则是众多家庭的集合体和保障。当国家面临外敌入侵、安全受到威胁时，只有保卫国家，才能从根本上确保家庭的安全和幸福。保家卫国也是一种爱国情怀的体现。它要求人们在关键时刻挺身而出，不惜牺牲个人的利益甚至生命，为了国家和民族的利益而战。这种精神凝聚了民族的力量，激发了人们的勇气和斗志。在漫漫历史长河中，无数仁人志士为了保家卫国英勇奋斗，留下了可歌可泣的事迹。它不仅是一种行为，更是一种传承下来的民族精神，激励着每一代人在国家需要的时候勇敢地肩负起责任。对于普通人来说，保家卫国不一定意味着要上战场杀敌，在和平时期，努力工作、遵守法律、维护社会秩序、积极参与国家建设等，都是保家卫国的具体表现。总之，保家卫国是一种深植于人们心中的信念和行动，是为了守护家庭的安宁和国家的尊严而付出的努力。

保家卫国是一种深植于人们心中的信念和行动，是为了守护家庭的安宁和国家的尊严而付出的努力。

1931年至1945年，中国人民在抗日战争中，为了保卫家园，抵御外敌入侵，进行了长达14年艰苦卓绝的斗争，体现了保家卫国的精神。

一九五〇年六月二十五日，美帝国主义唆使它的走狗李承晚集团，向朝鲜民主主义人民共和国发动了蓄谋已久的进攻。不久以后，美帝国主义者就纠集了它自己的和另外十五个仆从国家的军队，打着“联合国”旗号，一起投入这场罪恶的侵略战争，妄图一举而消灭朝鲜民主主义人民共和国，并且把战争扩大到中国，把战火燃烧到全世界。美帝国主义在发动侵朝战争的同时，派兵侵占了我国的领土台湾，就是最有力的铁证。

早在朝鲜战争之初，毛主席就号召我们：“团结起来，进行充分的准备，打败美帝国主义的任何挑衅。”一九五〇年九月美国侵略者在朝鲜西海岸仁川登陆以后，疯狂达于极点。一九五〇年九月三十日，周恩来总理严正地警告美国侵略者说：“中国人民决不能容忍外国的侵略，也不能听任帝国主义对自己的邻人肆行侵略而置之不理。”但是，美帝国主义者把中国人民的和平愿望看成是软弱可欺的表现，对我国政府的严正警告置若罔闻，大举越过三八线，进逼我国边境，并且派遣侵朝空军放肆地侵入我国东北领空，炸我城乡，杀我同胞，毁我财产，从而把侵略战争的矛头直接指向我国东北。我国的安全遭到严重的威胁。中国人民在这忍无可忍的情况下，为了支援唇齿相依的邻邦，为了保家卫国，这才组成志愿军，高举“抗美援朝，保家卫国”的正义旗帜，跨过鸭绿江，配合朝鲜人民军抗击狂暴的美国侵略者。

中国人民志愿军同朝鲜人民军一起，经过三年苦战，在当时极端困难的物质条件下，以无比的英勇顽强和惊人的刻苦精神，打退了美国侵略者和他的帮凶军队。三年战争，朝中人民军队共同歼灭敌人一百零九万，其中包括美军三十九万；击落击伤敌机一万二千多架；击毁和缴获坦克三千多辆。打着“联合国”旗号的美国侵略者，在遭到惨败以后才不得不在停战协定上签了字。

三年战争中，涌现出功臣三十多万人，其中有率一个排粉碎敌人九次冲锋，最后抱起炸药包冲入敌群的著名英雄杨根思；有以自己的胸膛堵住敌人机枪火口掩护部队歼敌致胜的著名英雄黄继光；有黄继光式的英雄李家发；有带领两个战士打退敌人四十一次进攻歼灭敌人二百八十名的著名英雄胡修道；有忘我无畏的孤胆英雄陈复生；有扫雷英雄姚显儒；有孤胆作战，一个人坚持阵地三昼夜歼敌百余人，最后用石头同敌人搏斗的赖永泽；有在紧急情况下，毅然以身体扑向敌人的铁丝网为冲锋部队筑成人桥的李云峰、罗维新；有为了整体利益在潜伏中任凭烈火烧身而严守潜伏纪律的邱少云；有在腿被打断后，仍然坚持指挥战斗，拉响最后一个手榴弹滚向敌群与敌人同归于尽的著名英雄孙占元。许多说不完道不尽的光辉的英雄形象和他们惊天动地的革命英雄主义事迹，就是我们全军爱国主义和国际主义的鲜明标志。[1]

“雄赳赳，气昂昂 ，跨过鸭绿江。保和平，卫祖国，就是保家乡。中国好儿女，齐心团结紧。抗美援朝，打败美国野心狼！”1950年至1953年，中国人民志愿军唱着这首战歌跨过鸭绿江，与朝鲜人民一道共同抗击侵略者，抗美援朝战争展现了保家卫国的坚强决心和钢铁行动。我们大家都看过电影《长津湖》，该片以抗美援朝战争第二次战役中的长津湖战役为背景，讲述了在极寒严酷环境下，中国人民志愿军东线作战部队凭着钢铁意志和英勇无畏的战斗精神，扭转战场态势，为长津湖战役胜利作出重要贡献的故事。早在1951年，中国人民志愿军司令员彭德怀就曾经著文赞扬过这种无比的英勇顽强和惊人的刻苦耐劳精神：“志愿军的指挥员战斗员，曾经在零下 30℃严寒、积雪数尺的高山上，连续作战数昼夜；曾冒着敌人的炮火，徒涉刺骨的冰河，攻占敌人的防御阵地，曾经忍饥挨饿，仍坚决地完成自己的战斗

[1]《中国人民志愿军八年来抗美援朝工作报告（1958年10月30日）》，《杨勇纪念集》，中共湖南省委党史研究室、中共浏阳市委编，中共党史出版社2013年10月第1版，第49—51页、第65—66页。

任务。”

保家卫国是每个公民应尽的义务，它不仅保护个人和家庭的安全，更是对国家和民族尊严的维护。保家卫国的精神激励着一代又一代人为国家的繁荣富强而努力奋斗，是社会主义核心价值观的重要组成部分。

三、家国相连

什么叫家国相连？它是指家庭与国家在结构、功能和价值观念上具有紧密的联系和一致性，强调个人在家庭和国家中的角色和责任，为社会的稳定和发展提供了一定的思想基础。

我们可以从以下几个角度来理解：首先，从构成关系上看，国家是由无数个家庭组成的。家庭是社会的基本单元，众多家庭的集合构成了国家这个整体。家庭的稳定、和谐与发展是国家稳定和繁荣的基础，而国家的政策、制度和环境又直接影响着家庭的生存状况和未来走向。其次，从情感纽带方面看，人们对家庭的深厚情感往往会延伸到对国家的热爱。对家人的关爱、责任和牵挂，在更大的范围内转化为对国家的忠诚、奉献和担当。家庭给予个人温暖和归属感，国家则为家庭提供保障和依托，这种情感的连贯性使得家国紧密相连。再者，从利益关系上看，家庭的利益与国家的利益息息相关。国家的强盛能够为家庭创造更好的发展条件，如提供良好的教育、医疗、就业机会等；而家庭的积极发展和每个成员的努力也会推动国家的进步和繁荣。最后，从文化传承方面看，家庭是文化传承的最初场所，家庭成员之间传承着民族的价值观、道德规范和传统习俗。这些文化元素在众多家庭中传承和发扬，共同构成了国家的文化底蕴和民族精神，使得家国在文化层面相互交融、不可分割。综上所述，家国相连意味着家庭与国家在各个方面相互依存、相互影响、相互促进，共同构成了一个有机的整体。

我国有部分生而有心智障碍的孩子，他们的父母为了解决自身困境，抱团取暖成立机构，探索“支持性就业”的模式，不仅帮助了自己的孩子，还帮助很多其他心智障碍的青年实现就业的梦想。近年来，我国实行跨省异地就医直接结算，这一政策解决了那些为子女带孩子而背井离乡的老人的燃眉之急，解决了这些家庭的后顾之忧，体现了国家对个体和家庭福祉的关注。家国相连要求我们在细微的日常生活中将个人的努力与国家的发展紧密结合起来，迸发出巨大的力量，共同为构建一个更加美好的社会而努力。

正因为家国相连，在中国人的心目中，普遍认为有国才有家、国好家才好。特别是在精英阶层，“修身齐家治国平天下”等儒家思想的浸染，使得家国情怀在人生中占有相当重要的地位。

“国家兴亡，匹夫有责。”为了探求救国救民的真理，中国民主革命的先行者孙中山曾远赴美国檀香山，于1894年11月24日创立兴中会，取“振兴中华”之意。从此，孙中山决心“亟拯斯民于水火，切扶大厦之将倾”，明确提出了“驱除鞑虏，恢复中国，创立合众政府”的主张。第一次向中国人民提出了推翻清王朝，建立民主共和国的纲领。同时，孙中山也完成了由改良主义者向民主主义者的伟大转变。与孙中山并称“孙黄”的中国近代民主革命家黄兴，1905年在日本结识孙中山，大力支持孙筹组革命组织，当年8月共同创立中国同盟会。随后受总理孙中山委派，黄兴策划和领导了广州新军起义等一系列武装起义，为1912年中华民国的建立奠定了基础。

1919年至1920年，在不到两年的时间里，约1600名中国学生在以上海华法教育会和寰球中国学生会为代表的各种学生团体和机构的帮助下，走上留法勤工俭学的道路。他们中许多人抱着实业救国的思想奔赴法国，寻求革命真理和学习西方的科学技术。

一大批优秀分子和先进青年锻造为久经考验的职业革命家。旅欧党组织还为中国革命培养了一大批有才能的干部，周恩来、蔡和森、赵世炎、李立三、陈毅、向警予、李富春、王若飞、陈延年、蔡畅、聂荣臻、李维汉、邓小平等，他们都是通过赴法勤工俭学走出国门，后来成长为党和国家的杰出领导人。留法勤工俭学运动是中国革命史上一场深刻而广泛的社会实践运动。进步青年和先进知识分子远渡重洋，探索救国救民的真理，积极研究和传播马克思主义，为中国共产党的创建和发展作出了重要贡献，对中国新民主主义革命事业的发展起到巨大的推动作用。

四、家国互济

什么叫家国互济？它是指家庭与国家之间相互帮助、相互支持，共同实现发展和繁荣。它强调通过家庭与国家的相互给力、相互促进，共同实现个人价值和社会价值的统一。

我们可以从以下几个层面来理解：在资源方面，家庭为国家的发展提供了人力资源和物质基础。家庭成员通过接受教育和培训，成为国家各个领域的建设者和贡献者；家庭的生产经营活动也为国家的经济增长作出贡献。同时，国家通过政策支持、公共服务和基础设施建设，为家庭创造更好的发展条件，如提供就业机会、改善居住环境、保障教育医疗等资源。在情感和精神层面，家庭培养了个体的情感认知、道德观念和责任意识，这些品质延伸到社会和国家层面，形成了爱国情怀、社会责任感和公民意识。国家的繁荣稳定和文化传承又反过来滋养家庭，增强家庭成员的归属感和自豪感。

家庭是社会的基本细胞，承担着养育子女、赡养老人、传承文化等功能，这些功能的良好实现有助于社会的和谐稳定，进而促进国家的发展。

在功能上，家庭是社会的基本细胞，承担着养育子女、赡养老人、传承文化等功能，这些功能的良好实现有助于社会的和谐稳定，进而促进国家的发展。国家则通过制定法律法规、实施政策措施来保障家庭的权益，维护家庭的稳定，解决家庭面临的问题。从发展的角度看，国家的进步和强大为家庭提供了更安全、更公平、更有希望的发展环境；而一个个充满活力、和谐美满的家庭则汇聚成国家发展的强大动力。总之，家国互济强调了家庭和国家之间相互支持、相互促进、相互成就的关系，体现了两者之间紧密的联系和不可分割的整体性。

家国互济的具体表现体现在多个领域和方面，涵盖了教育、医疗、经济、文化以及个人与国家的相互支持与奉献等多个层面。科学家、留学生回国效力是对国家的忠诚和奉献精神的生动体现。在现实生活中，许多普通人也在用自己的方式践行家国互济的理念。如边防战士、执勤交警、电力工人、环卫工人、公交司机、快递哥等普通劳动者坚守岗位、默默奉献，为国家的安全和发展贡献力量。同时，在灾难面前，无数志愿者和社会各界人士纷纷伸出援手，为受灾群众提供帮助和支持。

以下是留学国外学成归来建设祖国的部分著名科学家：

苏步青：1902年出生，浙江温州平阳人。中国微分几何学派创始人，被誉为“东方国度上灿烂的数学明星”。曾在日本东京高等工业学校和东北帝国大学学习。1931年拿到博士学位后，便带着妻子和孩子一起回到国内。

王淦昌：1907年出生，江苏常熟人。中国核科学的奠基人和开拓者之一，世界激光惯性约束核聚变理论和研究的创始人之一。1930年到德国柏林大学威廉皇家化学研究所学习，获得博士学位，1934年4月回国。

童第周：1902年出生，浙江鄞县（今宁波）人。中国实验胚胎学的主要奠基人，中国海洋科学研究的奠基人，中国克隆之父。1930年赴比利时布鲁塞尔自由大学留学，获哲学博士学位，1934年年底回国。

赵九章：1907年出生于河南开封，籍贯浙江湖州。气象学家、地球物理学家、空间物理学家。1938年获德国柏林大学博士学位后回国，在新中国成立后，成功绘制出中国第一幅北半球天气图，并与涂长望共同组建了联合天气预报中心和联合资料中心。

钱三强：1913年出生，浙江湖州人。中国原子能科学事业的创始人。1937年赴巴黎大学镭学研究所居里实验室学习，获得法国国家博士学位。1948年初夏，钱三强夫妇抱着女儿回到祖国。

梁思礼：1924年出生，广东新会人，梁启超之子。中国导弹控制系统研制创始人之一，航天可靠性工程学的开创者和学科带头人之一。1941年赴美留学，1949年获辛辛那提大学博士学位后回国。

华罗庚：1910年出生，江苏常州金坛人。中国解析数论创始人和开拓者，被誉为“中国现代数学之父”。1936年前往英国剑桥大学学习，1948年受聘为美国伊利诺伊大学正教授。1950年2

月，携家人从美国经香港抵达北京。

朱光亚：1924年出生，湖北武汉人。中国核科学事业的主要开拓者之一，被誉为“中国工程科学界支柱性的科学家”“中国科技众帅之帅”。1946年进入美国密歇根大学研究生院物理系原子核物理专业，并获博士学位。1950年2月，取道香港回到北京。

李四光：1889年出生，湖北黄冈人。中国地质力学的创立者、中国现代地球科学和地质工作的主要领导人和奠基人之一。曾在英国伯明翰大学学习并获得硕士学位，1948年赴英国伦敦出席第十八届国际地质大会，接受挪威奥斯陆大学授予的哲学博士学位。1949年12月从瑞士秘密启程，于1950年5月回到北京。

邓稼先：1924年出生，安徽怀宁人。中国核武器的理论研究工作的奠基者和开拓者之一，两弹元勋。1948年10月赴美国普渡大学物理系学习深造，获得物理学博士学位。1950年10月，从美国洛杉矶乘坐轮船回到祖国。

钱学森：1911年出生，浙江杭州人。中国航天事业的奠基人，被誉为“中国航天之父”和“火箭之王”。1935年进入美国麻省理工学院航空系学习，后在加州理工学院获航空、数学博士学位。1955年9月，被软禁5年之久的钱学森，携带妻子和儿女，登上“克利夫兰总统号”轮船返回祖国。

邓稼先旧居

以下是新中国成立以来各行各业的一些著名劳动模范举例：

工业领域：

孟泰：鞍钢工人，他在艰苦条件下，通过捡废旧零件等方式建立起“孟泰仓库”，为鞍钢恢复生产作出重要贡献，被誉为“工业战线的老英雄”。

王进喜：大庆石油工人，他带领队伍克服重重困难，打出大庆第一口喷油井，创造了年进尺10万米的奇迹，以“宁可少活二十年，拼命也要拿下大油田”的精神著称，被誉为“铁人”。

许振超：青岛港前湾集装箱码头有限责任公司工程技术部固机高级经理，他立足本职，多次刷新集装箱装卸纪录，以其名字命名的“振超效率”享誉世界航运界，还自学成才成为“桥吊专家”，创造了多项绝活。

包起帆：上海国际港务（集团）股份有限公司原副总裁，他致力于港口装卸工具的改革创新，研发新型抓斗及工艺系统，推进港口装卸机械化等，以一百多项发明获誉“抓斗大王”。

胡双钱：中国商飞上海飞机制造有限公司数控机加车间钳工组组长，被称为“航空手艺人”，参与并见证了中国民用航空领域的发展，在飞机制造方面有卓越贡献。

农业领域：

申纪兰：山西省西沟村农民，她带领当地妇女积极参加生产劳动，争取男女同工同酬，是唯一一位从第一届全国人大到第十三届全国人大连任的人大代表，被称为“共和国成长的历史见证人”。

陈永贵：大寨大队党支部书记，他带领大寨人艰苦奋斗，治理荒沟，改造农田，在大灾之年仍取得好成绩，大寨成为农业战线上的一面旗帜，毛泽东发出“农业学大寨”的号召。

袁隆平：农业科学家，致力于杂交水稻研究，极大提高了粮食产量，为解决全球粮食问题作出了卓越贡献，被誉为“杂交水稻之父”。

科技领域：

孙家栋：中国航天科技集团有限公司高级技术顾问，主持研制了我国第一颗人造地球卫星等，是我国航天工程的重要领导者和开拓者之一。

黄大发：贵州遵义播州区平正仡佬族乡人，他带领村民历时36年，在悬崖绝壁上开凿出“生命渠”，为改善山区群众用水条件、实现脱贫致富作出巨大贡献，被誉为“当代愚公”。

服务行业：

张秉贵：北京百货大楼售货员，他练就了“一抓准”和“一口清”的过硬本领，以热情周到的服务赢得顾客赞誉，被誉为“燕京第九景”。

李素丽：北京公交车售票员，在售票工作中，真情为他人，用微笑和热情服务乘客，被称为“老人的拐杖，盲人的眼睛，外地人的向导，病人的护士，群众的贴心人”。

徐虎：上海普陀区水电修理工，他长期义务为居民修理水电，“辛苦我一人，方便千万家”的精神深受群众赞扬。

医疗卫生领域：

吴登云：江苏扬州人，长期在新疆克孜勒苏柯尔克孜自治州乌恰县工作，他翻山越岭为牧区群众巡诊和防疫，被誉为“白衣圣人”“马背医生”，曾荣获全国五一劳动奖章和白求恩奖章。

钟南山：中国工程院院士，在呼吸系统疾病领域有深厚造诣，在抗击非典、新冠疫情等公共卫生事件中发挥了重要作用，为守护人民健康作出巨大贡献。

第三节 家国情怀的孕育

家国情怀是怎样形成的呢？它是建立在“家国同构”的社会结构、生活方式及心理认知的前提之上，对行孝尽忠、乡土观念、民族精神、爱国主义、天下为公等传统文化的一种升华。它把以血缘关系为纽带的天然亲情推己及人、由家及国，拓展和上升为关心社会、积极济世的责任意识和伦理要求。

中国著名文化学者梁漱溟（1893—1988）早在1949年就曾说过：“中国人怀抱着天下观念，自古迄今一直未改，真是廓然大公，发乎理性之无对。说民族性，这才是中国的民族性。”“就在儒家领导之下，二千多年间，中国人养成一种社会风尚，或民族精神，除最近数十年浸浸澌灭，今已不易得见外，过去中国人的生存，及其民族生命之开拓，胥赖于此。这种精神，分析言之，约有两点：一为向上之心强，一为相与之情厚。”[1]此即中华民族精神之所在。

受儒家文化思想的影响，中国知识分子自古至今就有“修身齐家治国平天下”的人生抱负。“家国情怀的核心内涵是在家尽孝、为国尽忠；实践途径是修己安人，经邦济世；价值理想是以身报国、建功立业。家国情怀作为个人对家庭和国家共同体的认同与热爱，是爱国主义精神产生的伦理基础和情感状态，在中华文明数千年演进历程中有着深厚的滋生土壤和历史渊源。”[2]

都市的街巷　已灯影婆娑

社区暖暖流淌的欢乐

远山的村落　火苗闪烁

渐渐明亮小康的思索

[1]梁漱溟著，《中国文化要义》，上海人民出版社2011年6月第2版，第298页、127页。

[2]钱念孙：《家国情怀溯源》，载《光明日报》2019年10月7日第7版。

归港的船帆　从灯塔掠过
追梦脚步月下交错
广场焰火在节日诉说
星空升腾时代的巍峨
灯火里的中国　青春婀娜
灯火里的中国　胸怀辽阔
灯火漫卷的万里山河
初心换回了百年承诺
灯火里的中国　青春婀娜
灯火里的中国　胸怀辽阔
灯火灿烂的中国梦
灯火荡漾着心中的歌

《灯火里的中国》这首时代之歌感悟家国情怀，激扬雄心壮志，回应着人们对祖国的美好祝福以及对未来的欣然向往。作为一首紧扣时代、贴近百姓的歌曲，歌词通篇没有一句口号，没有一句大声呼号，以大湾区的都市街巷、社区广场、远山村落、海湾港口为背景，从百姓视角眺望万家灯火，展现了灯火里的美好生活、奋发图强和生生不息。

家国情怀是中华优秀传统文化的基本内涵之一，体现为个人对家庭、故乡乃至社会、国家的认同，并促使其发展富强的思想和理念。这既是一种心态和文化心理，也是一种道德实践。在中华民族精神和爱国主义中，蕴含着中国人的家国情怀、家国理想追求。

一、民族自尊心

民族自尊心是指一个民族尊重本民族、反对外来歧视和欺侮的心理素质。它以维护民族尊严和民族利益为核心，坚持各民族之间一律平等，坚决反对种族歧视和外族压迫。民族自尊心对于人口较少的民族而言，显得更为重要而不可缺失。

民族自尊心是指一个民族尊重本民族、反对外来歧视和欺侮的心理素质。它以维护民族尊严和民族利益为核心，坚持各民族之间一律平等，坚决反对种族歧视和外族压迫。

民族自尊心可以从以下几个方面来理解：首先，民族自尊心是一种对所属民族的自我认同和自豪情感。它源于对本民族的历史、文化、传统、价值观以及取得的成就的深刻认知和珍视，使个体对自己民族的独特性和优越性有坚定的信念。从情感层面看，它表现为对民族的深厚热爱和忠诚，当民族受到尊重和赞誉时，会产生由衷的喜悦和骄傲；而当民族面临侮辱、贬低或不公正对待时，会感到愤怒和不满。在行为方面，民族自尊心促使个体积极维护民族的尊严和荣誉。人们会努力发扬民族的优秀传统，为民族的发展和进步贡献力量，展现出民族的良好形象。从社会层面来说，民族自尊心有助于增强民族内部的凝聚力和团结。它让成员们在共同的价值和目标下团结起来，共同应对外部的挑战和困难。然而，需要注意的是，健康的民族自尊心不是盲目自大或排外，而是在尊重其他民族的基础上，客观认识本民族的优点和不足，以开放和包容的心态促进民族的不断发展和进步。总之，民族自尊心是一种复杂而深厚的情感和意识，是民族成员对自身民族的尊重、热爱和维护，对民族的生存、发展和繁荣具有重要的推动作用。

朋友，我因无钱读书，就漂流到吸尽中国血液的唧筒——上海来了。最使我难堪的，是我在上海游法国公园的那一次。我去上海原是梦想着找个半工半读的事情做做，那知上海是人浮于事，找事难于登天，跑了几处，都毫无头绪，正在纳闷着，有几个穷朋友，邀我去游法国公园散散闷。一走到公园门口就看到一块刺目的牌子，牌子上写着“华人与狗不准进园”几个字。这几个字射入我的眼中时，全身突然一阵烧热，脸上都烧红了。这是我感觉着从来没有受过的耻辱！在中国的上海地方让他们造公园来，反而禁止华人入园，反而将华人与狗并列。这样无理的侮辱华人，岂是所谓“文明国”的人们所应做出来的吗？华人在这世界上还有立足的余地吗？还能生存下去吗？我想至此也无心游园了，拔起脚就转回自己的寓所了。

…………

朋友，在上海最好是埋头躲在鸽子笼里不出去，倒还可以静一静心！如果你喜欢向外跑，喜欢在“国中之国”的租界上去转转，那你不仅可以遇着“华人与狗”一类的难堪的事情，你到处可以看到高傲的洋大人的手杖，在黄包车夫和苦力的身上飞舞；到处可以看到饮得烂醉的水兵，沿街寻人殴打；到处可以看到巡捕手上的哭丧棒，不时在那些不幸的人们身上乱揍；假若你再走到所谓“西牢”旁边听一听，你定可以听到从里面传出来的包探捕头拳打脚踢毒刑毕用之下的同胞们一声声呼痛的哀音，这是他们利用治外法权来惩治反抗他们的志士！半殖民地民众悲惨的命运呵！中国民族悲惨的命运呵！[1]

这是方志敏在文中发出的见闻与感慨！在那“长夜难明赤县天”的黑暗的旧中国，中国人民饱受帝国主义的欺凌与压迫，哪里还有民族的尊严？

在中国共产党的正确领导下，中国人民推翻了“三座大山”，建设新中国，实行改革开放，实现了站起来、富起来、强起来，只有在今天，中华民族才屹立于世界民族之林，中国人民才意气风发走在强国建设、民族复兴的新时代伟大征程上。

古语云：“自重者然后人重，人轻者由我自轻。”（《小窗幽记》）自我尊重的人才能得到他人的尊重，自我轻视的人则会被人轻视。一个民族或个体只有自尊自爱，才能赢得外界的尊重和认可。

当代女作家、旅行家三毛（1943—1991）曾经说过：“内心丰盈者，独行也如众。”“一个人至少拥有一个梦想，有一个理由去坚强。心若没有栖息的地方，到哪里都是在流浪。”“我唯一锲而不舍，愿意以自己的生命去努力的，只不过是保守我个人

[1]方志敏著，《可爱的中国》，江苏凤凰文艺出版社2017年1月第1版，第11—13页。

的心怀意念，在我有生之日，做一个真诚的人，不放弃对生活的热爱和执着，在有限的时空里，过无限广大的日子。”这些话语虽然更多体现的是个人自尊、自强以及对生活的热爱，但这些品质同样适用于民族，可引申为民族自尊心的一部分，因为个人的自尊是构成民族自尊的基石，能够激励一个民族自强不息，始终保持自尊。

二、民族自豪感

民族自豪感是一种积极而深厚的情感体验，是指对本民族的历史文化、价值取向、现实状况、未来发展表示高度认同、充满信心和乐观主义精神的情感。

民族自豪感主要可以从以下几个角度来理解：从情感内涵来看，民族自豪感是个体对自己所属民族在历史、文化、科技、艺术、社会制度等方面所取得的成就和独特价值的由衷赞赏和认同。这种情感使人们对民族的过去充满敬意，对现在感到自信，对未来充满期待。在认知层面，它建立在对本民族丰富的知识和深入的了解基础上。只有清楚地知道民族的发展历程、独特贡献以及在世界文明中的地位，才能产生强烈而持久的自豪感。民族自豪感具有激励作用。它激发个体为民族的繁荣和发展积极努力，勇于创新，追求卓越，以实际行动为民族增添光彩。从社会角度看，民族自豪感能够增强民族的凝聚力和向心力。当一个民族的成员普遍拥有强烈的自豪感时，他们更容易团结在一起，共同应对各种挑战，为实现民族的共同目标而奋斗。民族自豪感并非盲目自大或排外，而是在尊重其他民族的同时，对自身民族的独特性和成就有客观、理性的认识。它促使人们以开放的心态与其他民族交流合作，相互学习，共同进步。总之，民族自豪感是民族精神的重要组成部分，是推动民族发展和进步的强大精神动力，也是个体在民族大家庭中获得归属感和尊严感的重要源泉。中华民族的自豪感源于中国富饶辽阔的疆土、悠久的历史、勤劳的人民、灿烂的文化、世代相传的民族美德。

电影《战狼Ⅱ》讲述了这样的故事：原为战狼中队的特种兵，因故被开除军籍；因龙小云的意外失踪，前往非洲追查线索；遭遇当地发生武装叛乱，中国大使馆组织撤侨；本可以安全撤离的冷锋，因无法忘记军人的使命；为了完成营救华资工厂的中国人和援非医疗专家陈博士的任务，他孤身犯险冲回沦陷区；带领身陷屠杀中的同胞和难民，展开生死逃亡。影片让不少观众感动落泪，感慨“我们不在安全的时代，但在安全的国家”。有评论说：祖国是人民最坚实的依靠，英雄是民族最闪亮的坐标。当中国逐步走向世界，当更多国家将目光投向中国，那些藏在内心深处的民族自豪感和国家荣誉感，心向往之的集体主义精神和英雄主义气质，必将变得更加显性、生动，它们不仅是文艺创作的动力和源泉所在，也能促使我们和时代一起进步，与岁月共同成长。

说到战争，无论是第一次世界大战，还是第二次世界大战，战火燃烧所到之处，无不给人民带来深沉的灾难。总有一些好战的民族，使战事打得不可开交、无限延长。而中国的智慧是劝交战双方重新回到谈判桌上来，才是唯一的正道。这是中国式人性，它有一种恬静、理智、节制的醇厚气质，是中国人灵魂与智慧的和谐归一，也即辜鸿铭先生所称“中国人的精神”。

英国著名哲学家、数学家、逻辑学家伯特兰·罗素（1872—1970）曾不无感慨地说：“中国人温文尔雅，但求正义自由。他们的文明比我们的要高明，能够让人类幸福快乐。”“看到中国人不愿以粗鲁回敬粗鲁，带着十分端重对待白人的凶残暴戾、傲慢无礼时，我们不禁汗颜羞惭。”“中国伦理道德品质的某些方面非常高明，为现代世界所急需。这些品质中我最看重的是心平气和，以理服人，不以武力相迫。”[1]

“真正的中国人或许粗糙，但粗糙中并无卑劣；真正的中国人或许丑陋，但丑陋中并无凶恶；真正的中国人或许粗俗，但粗俗中并无蛮横和嚣张；真正的中国人或许愚蠢，但愚蠢中并无荒唐；真正的中国人或许狡猾，但狡猾中并无恶意。”[2]这种中国式的人性给人的整体印象就是温文尔雅，是一种无以言表的温顺，是中国人才有的温柔敦厚，是富于同情心的、真正的人性智慧，是灵魂和智慧的绝妙融合，是一种永葆青春、民族不朽的精神，即中国人的精神。“宁静祥和的心境能让我们认清万物生命的本质，这就是富有想象力的理性，这就是中国人的精神。”[3]这是我们中华民族的精神，是我们引以自豪的民族不朽的奥秘。

2019年12月，一场突如其来的新冠疫情肆虐中华大地。这次疫情是新中国成立以来我国遭遇的传播速度最快、感染范围最广、防控难度最大的一次重大突发公共卫生事件，也是百年来全球发生的最严重的传染病大流行。在中共中央坚强领导下，全党

[1]［英］伯特兰·罗素著，田瑞雪译，《中国问题》，中国画报出版社2019年9月第1版，第189页、214页、241页。

[2]辜鸿铭著，孙永译，《中国人的精神》，湖南人民出版社2022年5月第1版，第39页。

[3]辜鸿铭著，孙永译，《中国人的精神》，湖南人民出版社2022年5月第1版，第103页。

全国各族人民团结一心、众志成城，经过艰苦卓绝的努力，我国用1个多月的时间初步遏制疫情蔓延势头，用2个月左右的时间将本土每日新增病例控制在个位数以内，用3个月左右的时间取得武汉保卫战、湖北保卫战的决定性成果，进而又接连打了几场局部地区聚集性疫情歼灭战，疫情防控取得重大战略成果。至2022年12月9日，国家卫生健康委宣布新冠疫情正式结束。

疫情防控期间，中国特色社会主义制度所彰显的显著优势和强大无比的动员力，展现出来的是行动迅速、防控果决、效果凸显，给全世界展示了“中国奇迹”。三年抗疫胜利体现了中华民族的自豪感。在这场没有硝烟的战争中，中华民族展现出了强大的凝聚力、坚定的意志力和无私的奉献精神。一是中华民族在抗疫过程中表现出了高度的团结和协作。面对疫情，全国人民众志成城，共同抗击病毒。各级政府、医疗机构、社区组织、志愿者等各方力量紧密配合，形成了一道坚不可摧的防线。二是中华民族在抗疫过程中展现出了坚韧不拔的毅力。面对疫情的严峻挑战，中国人民没有退缩，而是迎难而上，勇往直前。无论是医护人员还是普通民众，都表现出了顽强的意志和坚定的信念。三是中华民族在抗疫过程中还展现出了无私奉献的精神。无数医护人员、志愿者等一线工作者舍小家为大家，日夜奋战在抗疫一线。

他们用自己的汗水和努力，守护着人民的生命安全和身体健康。抗疫胜利不仅体现了中华民族的自豪感，更彰显了中华民族的伟大力量。这种力量将激励着我们不断前行，为实现中华民族伟大复兴的中国梦而努力奋斗。

三、民族团结情

民族团结情是指各民族在社会生活和交往中平等相待、友好相处、互相尊重、互相帮助的情感和关系。它是社会主义民族关系的基本特征和核心内容之一，也是中华民族繁荣发展的重要保证。

民族团结情可以从以下几个方面来理解：首先，它是一种情感纽带。民族团结情意味着不同民族之间相互尊重、理解、信任和关爱，超越了民族、语言、宗教、地域等差异，建立起深厚的情谊。这种情感让各民族成员在相处中感受到温暖和亲近，形成一种心灵上的相通。其次，民族团结情体现了共同的价值追求。各民族在长期的交流与合作中，形成了对国家统一、社会稳定、经济发展、文化繁荣等共同目标的认同和追求。这种共同的价值取向促使各民族携手并肩，为实现这些目标而共同努力。从文化角度来看，民族团结情包含了对各民族文化的欣赏和包容。每个民族都有独特的文化传统，民族团结情鼓励各民族相互学习、交流彼此的文化，促进文化的融合与创新，丰富整个民族大家庭的文化内涵。在实际行动中，民族团结情表现为各民族之间的互助合作。在面临困难和挑战时，各民族能够伸出援手，共同应对，分享资源和经验，体现出团结一心、共克时艰的精神。民族团结情也是国家繁荣发展的基础。一个团结和谐的多民族国家，能够充分发挥各民族的优势和潜力，促进经济的繁荣、社会的进步和国家的长治久安。总之，民族团结情是各民族之间相互依存、相互促进、共同发展的深厚情感，是构建和谐社会、实现中华民族伟大复兴的重要力量。

中国何以形成多民族的大家庭？“试从山川地形上看，从种族语言上看，皆非不能让中国分为若干民族若干国家者。而它卒能由人的情感之相安相通，化除壁垒隔阂，广收同化融合之效，形成世界无比之一伟大民族。”“语言文字浸浸分别并行，初不以文字依附语言，而语言转可收摄于文字，二者恒得维系不甚相远，今古之间即不甚难通。时间距离恍若为之缩短。而字义寄于字形，异族异地不碍相袭（故远如朝鲜、日本、越南等处亦都尝采用中国文字，流传中国典籍）。其结果，遂使种族隔阂为之洞

明 仇英 《职贡图》（局部）

穿，语言限制为之超越。久而久之，一切同化浑忘。三四万万之众，明明由东西南北多族之所合，却竟共一历史记忆，莫不自以为黄帝子孙。”[1]此论虽发于建国之初，时过境迁，且民族形成亦有多种原因，然分析入情在理，读来仍觉十分精彩。

我国是一个统一的多民族的社会主义国家，有十亿零三千多万勤劳、勇敢的人民，是世界上人口最多的国家，占世界总人口的四分之一弱。在我国五十多个民族中，汉族人口最多，占全国人口总数的百分之九十三点三。其他民族占全国人口总数的百分之六点七，统称为少数民族。壮、回、维吾尔、彝、苗、满、藏、蒙古、土家、布依、朝鲜、侗、瑶、白、哈尼等民族，人口都超过一百万。有的少数民族人口较少，只有千余人。少数民族人口虽少，但分布地区占全国的百分之六十，主要分布在西北、西南和东北等地。少数民族多同汉族交错分布，形成大分散、小聚居的局面，各民族共同组成一个统一和睦的大家庭。

新中国成立后，我国实行民族平等、团结的政策，在少数民族聚居地区实行民族区域自治。我国现有五个自治区（内蒙古自

[1]梁漱溟著，《中国文化要义》，上海人民出版社2011年6月第2版，第218页、283页。

治区、广西壮族自治区、西藏自治区、宁夏回族自治区、新疆维吾尔自治区）和许多自治州、自治县。自治区、自治州、自治县都是祖国不可分离的部分。现在，我国各民族人民，在中国共产党的领导之下，同心同德，团结一致，正在为把我国建设成为一个高度文明、高度民主的社会主义国家而共同奋斗。[1]

2021年5月11日发布的第七次全国人口普查结果显示，我国总人口为144350万人。中国各族人民之间经历了千百年的经济文化交流。这样长久的相互交流，结成你中有我、我中有你、难分难解的特殊亲缘关系，最终形成了由56个民族共同组成的、多元一体的中华民族。“五十六个星座五十六枝花，五十六族兄弟姐妹是一家，五十六种语言汇成一句话：爱我中华爱我中华爱我中华！”由乔羽作词、徐沛东作曲、宋祖英演唱的歌曲《爱我中华》，旋律优美、铿锵有力，澎湃在每一个中国人的心中，激励着人民奋发前进。

[1]《祖国》，中国青年出版社1981年8月第1版，第5页。

《中华民族一家亲》 新疆伊犁哈萨克自治州博物馆

四、民族自强力

民族自强力是指一个民族建立在自尊、自信基础上的依靠自身力量实现民族振兴和国家富强的英雄气概和创造精神。它是一个民族在认识其自身存在和发展的状况、处境，特别是与其他民族国家的差距之后，形成的一种责任意识和进取精神，是一种任何时候都不愿做别国附庸、独立自主地解决自己国家的问题的民族精神。

民族自强力可以从以下几个方面来理解：从内在动力角度看，民族自强力是一个民族内在的渴望发展、进步和强大的决心和意志。它源于对民族自身的尊严、价值和潜力的深刻认知，以及对民族未来的美好期许。这种内在的动力驱使民族成员积极主动地为民族的繁荣而努力。在行动表现方面，民族自强力体现在民族在经济、科技、文化、教育等各个领域不断追求创新和进步。它促使民族积极吸收先进的知识和技术，培养高素质的人才，提高自身的竞争力，以实现从落后到先进、从弱小到强大的转变。民族自强力还意味着坚韧不拔的精神品质。在面对困难、挫折和外部压力时，民族能够保持坚定的信念，不气馁、不放弃，凭借顽强的毅力和勇气克服重重障碍，不断前行。从自我提升的角度，它要求民族不断进行自我反思和自我完善。能够客观地认识自身的不足和问题，积极采取措施加以改进和解决，从而不断提升民族的整体素质和实力。民族自强力也是一种集体的力量。它需要民族成员团结一心，共同为民族的发展目标而奋斗，形成强大的合力，共同推动民族朝着自强、繁荣的方向迈进。总之，民族自强力是一个民族谋求自身发展、实现伟大复兴的核心力量，是民族精神的重要体现，它支撑着民族在历史的长河中不断进取，屹立于世界民族之林。

“中华民族是一个伟大的民族，不会永远受外国人欺压。他们不会为了壮大军事力量就去学西方人的种种恶行，但愿意为增进智慧而去学我们的种种美德。我认为，中华民族是世界唯一真正相信智慧比红宝石还珍贵的民族。”

罗素曾在1920年访问中国，并在北京大学讲学一年。在两年后出版的《中国问题》一书中，他毫不隐晦地说：“中华民族是一个伟大的民族，不会永远受外国人欺压。他们不会为了壮大军事力量就去学西方人的种种恶行，但愿意为增进智慧而去学我们的种种美德。我认为，中华民族是世界唯一真正相信智慧比红宝石还珍贵的民族。”“但如果中国志于改革的人守中道、有节制，在有防御能力时就罢手不为，戒除征伐欲望，不去侵略外邦；如果中国在实现国内安定后，不去做强国硬塞给他们、一心只想满足物欲的活动，转而以自由之身追求科学艺术，建立更有效、更公平的经济制度，那么，中国将在全球发挥应有作用，将在人类急需之时带去一个崭新的希望。”[1]

中国在国际体系中有着非常重要的地位。悠久的历史、灿烂的文明、辽阔的疆域、众多的人口以及具有强劲生命力的战略传统，决定了中国无法不显示其重要性。尤其从现有实力和发展潜力上看，中国是一个充满活力的最大的发展中国家，是世界上为数不多的在经济、政治、文化、军事等不同领域具有综合实力和潜力的国家之一，由此也决定了中国必然具有长期的国际政治抱负。

推进中国与国际体系的良性互动，一方面不应蜕变为依附于他人，另一方面也要避免过于敏感而反应过度。在根本上，只有中国社会变革与进步的历程不可逆转，中华民族的复兴才可能最终得以实现。我们应该重视外部因素，但也不能为其左右，像中国这样的大国，除自强之外，无胜人之本。

[1]［英］伯特兰·罗素著，田瑞雪译，《中国问题》，中国画报出版社2019年9月第1版，第255页、295页。

当初面对帝国主义的侵略，毛泽东是如此精练而又深刻地概括了中华民族的特征："我们中华民族有同自己的敌人血战到底的气概，有在自力更生的基础上光复旧物的决心，有自立于世界民族之林的能力。"今天中国面临的问题已经大大不同于那个时候了，但是我们赖以存在的民族特性和战略智慧应该发扬光大，以此为基础，推动社会创新，持更宽阔的胸襟走向世界。若如此，中国的未来和对世界的贡献都将不可限量。[1]

习近平总书记在党的二十大报告中指出："中国始终坚持维护世界和平、促进共同发展的外交政策宗旨，致力于推动构建人类命运共同体。"他强调："构建人类命运共同体是世界各国人民前途所在。万物并育而不相害，道并行而不相悖。只有各国行天下之大道，和睦相处、合作共赢，繁荣才能持久，安全才有保障。"[2]

我们中国人满怀家国情怀，弘扬民族精神，自信自强、守正创新，踔厉奋发、勇毅前行，以中国式现代化全面推进中华民族伟大复兴，正意气风发、斗志昂扬行进在强国建设、民族复兴新的伟大征途上。

[1]唐晋主编，《大国崛起》，人民出版社2006年12月第1版，第3—14页。

[2]习近平，《高举中国特色社会主义伟大旗帜　为全面建设社会主义现代化国家而团结奋斗：在中国共产党第二十次全国代表大会上的报告（2022年10月16日）》，人民出版社2022年10月第1版，第60—62页。

建设

好家国

第二编

我们的古老而可爱的祖国

深沉而炽烈的家国之爱是爱国之恋的鲜明底色。

家国，这一深沉而温暖的词汇，承载着无数中华儿女对故土的深情厚谊和对国家的无限忠诚。我们古老而可爱的祖国，历经沧桑，却依然屹立于世界东方，以其独特魅力吸引着全世界的目光。

在这片广袤的土地上，有着五千年灿烂辉煌的文明史。从远古的神话传说到春秋战国的百家争鸣，从秦汉的一统天下到唐宋的繁荣盛世，再到近现代的民族觉醒与伟大复兴，我们的祖国始终以其坚韧不拔的精神和源远流长的文化，滋养着一代又一代的华夏儿女。

第一节　辽阔的国土和丰富的自然资源

一、国土辽阔：大地的诗篇，历史的画卷

当我们站在这片辽阔的国土上，回望历史长河，心中不禁涌起一股强烈的家国情怀，深知肩上担负着责任与使命。我们为拥有这样一片美丽富饶的土地而自豪，更为自己能够成为中华民族的一员而骄傲。作为新时代的中华儿女，我们应该继承和发扬中华民族的传统美德和精神品质，努力学习科学文化知识，积极投身到国家建设和社会发展中去。只有这样，我们才能不负先辈的期望与重托，为实现中华民族伟大复兴贡献自己的力量。

（一）地域的广袤与多彩

山川河流，不仅是大自然最慷慨的馈赠，更是中华民族悠久历史与灿烂文化的见证者，它们以独有的方式诉说着家国情怀的深邃与厚重。

山川河流，不仅是大自然最慷慨的馈赠，更是中华民族悠久历史与灿烂文化的见证者，它们以独有的方式诉说着家国情怀的深邃与厚重。

晨曦初破，第一缕阳光穿透薄雾，轻轻拂过那蜿蜒起伏的山脉，仿佛是大自然最温柔的笔触，在广袤的天地间勾勒出一幅幅动人的画卷。那山，或巍峨挺拔，如剑指苍穹，彰显着不屈不挠的民族精神；或秀美温婉，如轻纱曼舞，诉说着江南水乡的柔情蜜意。山间云雾缭绕，时隐时现，如同仙境一般，让人心生向往，仿佛能穿越时空，与古人对话，感受那份“会当凌绝顶，一览众山小”的豪迈与壮志。

而江河，则是这片土地的血脉，它们或奔腾不息，如巨龙般穿梭于峡谷之间，激荡起千层浪，发出震耳欲聋的轰鸣，那是对生命力量的赞歌；或温婉细腻，如细流涓涓，滋养着两岸的生灵，孕育出丰富的物产与灿烂的文化。长江与黄河，这两条中华民族的母亲河，从青藏高原的冰川雪峰发源，穿越千山万水，最终汇入浩瀚的海洋。它们不仅见证了中华民族的成长与变迁，更滋养了无数华夏儿女，成为连接过去与未来的桥梁，承载着无数人的家国情怀与梦想。

随着季节的更迭，气象万千的变化更是为这片土地增添了无尽的魅力。春日里，万物复苏，百花齐放，细雨绵绵中透露出生命的勃勃生机；夏日里，烈日炎炎，绿树成荫，江河湖海成了人们避暑的天堂，欢声笑语中洋溢着对生活的热爱与向往；秋风送爽，金风玉露，层林尽染，丰收的喜悦挂满枝头，人们举杯共庆，感恩大自然的馈赠；冬日里，银装素裹，白雪皑皑，静谧而祥和的氛围中，人们围炉夜话，讲述着过去一年的点点滴滴，心中充满了对未来的憧憬与希望。

在这片土地上，发生了许多感人至深的故事，它们如同一颗颗璀璨明珠，镶嵌在家国情怀的长河中，熠熠生辉。比如那位名叫艾尼 · 吾守的护林员，视胡杨林为生命，为了保护胡杨林多次身处险境，他用自己的青春、热血浇灌胡杨林二十余载，用奉献践行“绿水青山就是金山银山”。每当有人问他为何如此执着时，他总是憨厚地一笑：“这片林子就是我的家，守护好它，就是守护好咱们的家国。”简单的话语中透露出他对这片土地深沉的爱与责任。

每一个中国人都在用自己的方式书写着家国情怀的壮丽篇章，他们或许平凡无奇，但正是这些平凡中的伟大与坚持，才构成了我们这个国家最坚实的脊梁与最灿烂的未来。

（二）文化的多样与融合

辽阔国土不仅孕育了多样的自然景观，更滋养了丰富多彩的文化形态。从北国的雪域高原到南疆的热带雨林，从东部的浩瀚大海到西陲的茫茫戈壁，这片土地以它独有的方式，孕育了丰富多彩的民族文化，讲述着一个个关于家国、关于梦想、关于传承的动人故事。

当你踏上那片被白雪覆盖的东北大地，眼前是连绵不绝的林海雪原，耳边是北风呼啸而过的声音，仿佛能穿越时空，感受到女真族狩猎的英勇与满族文化的独特魅力。人们以冰雪为伴，以狩猎为生，他们的生活方式、饮食习惯乃至艺术创作，都深深烙印着自然的痕迹与民族的智慧。每当春节来临，家家户户张灯结彩，包饺子、贴春联、放鞭炮，那份浓浓的年味与家国情怀交织在一起，让人感受到家的温暖与国家的强盛。

往南行，便来到了温婉如水的江南水乡。这里河网密布，小桥流水人家，一派宁静祥和的景象。江南文化以其细腻温婉、含蓄内敛而著称，无论是园林艺术、诗词歌赋还是丝绸刺绣，都展现出了极高的艺术造诣与文化底蕴。在这里，人们讲究是生活品质与情趣，他们用自己的双手创造出一个个精美艺术品，不仅装饰了自己的生活空间，也向世界展示了中华文化的工匠精神。每当端午佳节，龙舟竞渡、粽子飘香， 人们在欢声笑语中传承着古老的习俗与家国情怀。

往西走，便是那片神秘莫测的西域之地。这里曾是古丝绸之路必经之地，东西方文化在这里交汇融合，形成了独具特色的西域文化。在这里，你可以看到雄伟壮观的敦煌莫高窟，那些精美的壁画与雕塑仿佛在诉说着千年的故事；你可以听到悠扬的驼铃声，那是古代商队穿越沙漠的见证；你还可以品尝到香浓可口的羊肉串与手抓饭，那是维吾尔族人民热情好客的象征。西域文化以其开放包容、多元共生的特点吸引着世界的目光，也成为了中华民族文化宝库中的一颗璀璨明珠。

而当我们把目光转向东南沿海的福建与广东地区时，又会被那里独特的海洋文化与宗族文化所吸引。福建的土楼、广东的岭南园林以及丰富多样的民间信仰与习俗都展现出了这两个地区深厚的文化底蕴与家国情怀。在这里，人们靠海吃海，以渔业为

敦煌壁画

人们重视家族传承与亲情纽带，通过修建祠堂、编修族谱等方式来缅怀先祖、凝聚人心。这种对家族与国家的深厚情感正是家国情怀最生动的体现。

生，他们的生活方式、信仰观念乃至建筑风格都深受海洋文化的影响。同时，宗族文化也是这两个地区不可忽视的重要组成部分。人们重视家族传承与亲情纽带，通过修建祠堂、编修族谱等方式来缅怀先祖、凝聚人心。这种对家族与国家的深厚情感正是家国情怀最生动的体现。

二、资源丰富：自然的馈赠，生命的源泉

丰富的自然资源，无疑是大自然最为慷慨的馈赠，它们不仅是地球生态系统不可或缺的组成部分，更是生命之树得以茁壮成长的源泉。

（一）矿产资源：地下的宝藏，工业的血脉

矿产资源如同沉睡的巨龙，静静地蛰伏于岩石与土壤之下，等待着有识之士的发掘

与唤醒。它们不仅仅是自然界的产物，更是国家发展的基石，工业进步的血脉，它们以一种无声却强大的力量，支撑起了一个个国家的脊梁，编织着家国梦想的辉煌篇章。

在我国，矿产资源的故事更是波澜壮阔，动人心弦。从东北的黑土地下涌动的石油，到华北平原深处埋藏的煤炭；从西部戈壁的稀土矿藏，到南海海底的丰富油气资源……每一处矿产资源的发现与利用，都书写着中国工业发展的壮丽史诗。

以煤炭为例，作为中国能源结构中的“老大哥”，它见证了新中国从一穷二白到世界第二大经济体的奇迹般崛起。在建国初期，面对百废待兴的局面，煤炭成为了中国工业发展的“粮食”。无数矿工兄弟，用他们的血汗与智慧，在漆黑的矿井中挖掘出一块块乌金，为国家的工业化进程提供了源源不断的动力。从钢铁冶炼到电力生产，从化工制造到交通运输，煤炭的身影无处不在，它如同一位默默奉献的巨人，托举起了中国工业的脊梁。

石油，则是另一个让中国人为之振奋的矿产资源。从大庆油田的横空出世，到胜利油田、渤海油田的相继发现，中国石油工业的发展历程，就是一部艰苦创业、自强不息的奋斗史。石油，这个被誉为“工业血液”的宝贵资源，不仅满足了国内经济发展的需求，更让中国在国际能源舞台上崭露头角，展现了大国的风采与实力。

矿产资源的开发利用并非一帆风顺。随着工业化进程的加速，环境污染、生态破坏等问题日益凸显。如何在保障经济发展的同时，实现矿产资源的可持续利用与生态环境的保护，成为了摆在我们面前的一道难题。但中国人从未退缩，我们以科技为引领，以绿色发展为理念，不断探索矿产资源开发与生态环境保护的新路径。从智能化开采技术的应用，到循环经济模式的推广；从生态修复工程的实施，到绿色矿山建设的推进……我们正以实际行动践行着“绿水青山就是金山银山”的发展理念，努力让矿产资源成为推动经济社会高质量发展的绿色引擎。

（二）生物资源：生命的宝库，生态的基石

在茂密的森林、广袤的草原和浩瀚的海洋中，生活着数以万计的生物种类，它们构成了地球上最为复杂和多样的生态系统。从东北虎的威猛到熊猫的憨态，从热带雨林的繁茂到珊瑚礁的绚丽，这些生物资源不仅是自然界的瑰宝，更是人类生存和发展的重要基础。它们维系着地球的生态平衡，为我们提供了清新的空气、干净的水源和丰富的食物来源。

中华民族有着尊重自然、顺应自然、保护自然的优良传统。

从古代的"天人合一"哲学思想，到现代的生态文明建设理念，都体现了中国人对自然环境的敬畏之心和对生物资源的珍惜之情。如大熊猫这一珍稀物种不仅是中国独有的国宝，更是连接中国与世界的绿色桥梁。为了保护大熊猫及其栖息地，中国政府采取了一系列有力措施，建立了大熊猫自然保护区，实施了人工繁育和野化放归计划。这些努力不仅拯救了大熊猫这一濒危物种，也向世界展示了中国在生物多样性保护方面的决心与成就。大熊猫的保护工作，不仅是对自然生态的尊重与修复，更是对家国情怀的深刻体现。它让每一个中国人都能感受到自己对这片土地的责任与担当，也让世界看到了一个负责任大国的形象。

中华民族有着尊重自然、顺应自然、保护自然的优良传统。从古代的"天人合一"哲学思想，到现代的生态文明建设理念，都体现了中国人对自然环境的敬畏之心和对生物资源的珍惜之情。

（三）水资源：生命的源泉，文明的摇篮

水资源，这清澈而深邃的蓝色宝藏，自古以来便是生命的源泉，文明的摇篮。它如

同一条细腻而坚韧的纽带，将广袤的国土与深植其中的文化血脉紧密相连，滋养了一代又一代华夏儿女，见证了中华民族从蒙昧走向辉煌的壮丽史诗。

黄河，这条被誉为中华民族的母亲河，她以无尽的乳汁滋养了华夏大地，孕育了灿烂的中华文明。从古老的河洛文明到辉煌的汉唐盛世，黄河水见证了无数朝代的更迭，滋养了无数英雄豪杰与文人墨客的心灵。她不仅是物质的滋养，更是精神的源泉，教会了华夏儿女勤劳勇敢、自强不息的精神，这种精神如同黄河之水一般，滔滔不绝，永远激励着后人前行。

而长江，这条同样源远流长的生命之河，则以其宽广的胸怀和丰富的资源，成为了中华大地上另一颗璀璨的明珠。她自青藏高原奔腾而下，穿越崇山峻岭，途经繁华都市，最终汇入浩瀚的东海。长江不仅是中国最重要的水上交通要道，更是农业灌溉、工业生产和生活用水的重要来源。沿江两岸，稻香四溢，渔舟唱晚，一幅幅生动的田园风光图，让人不禁沉醉其中。长江之水，还孕育了独特的长江文化，从巴蜀文化的神秘莫测，到楚文化的浪漫奔放，再到吴越文化的精致细腻，每一种文化都如同长江的支流一般，汇聚成中华文化的汪洋大海。

（四）农业资源：丰收的田野，希望的田野

农业资源是广袤无垠的丰收田野，不仅是大地母亲慷慨的馈赠，更是家国情怀深植的沃土，承载着无数人的梦想与希望。在这片希望的田野上，每一粒种子都蕴含着生命的奇迹，每一片绿叶都讲述着奋斗的故事，每一颗果实都凝聚着家国的深情与期盼。

春日里，万物复苏，农人踏着晨曦的露珠，手捧希望的种子，步入这片生机勃勃的田野。他们或弯腰耕作，细心地将种子播撒进湿润的泥土中；或挥汗如雨，驾驶着现代化的农机，在广袤的田地上划出一道道整齐的轨迹。这不仅仅是对土地的耕耘，更是对家国未来的播种。在这片希望的田野上，每一分努力都如同细雨般滋润着心田，期待着秋日的丰收。

夏日炎炎，烈日炙烤着大地，但农田里却是一片繁忙而有序的景象。绿油油的稻田随风起伏，宛如绿色的海洋；金黄的麦田在阳光下熠熠生辉，预示着丰收的喜悦。农人们顶着烈日，穿梭在田间地头，除草、施肥、灌溉……他们的身影在烈日下显得如此渺小，却又如此坚韧不拔。他们用勤劳的双手，守护着这片希望的田野，也守护着家国的粮食安全。

秋风送爽，稻香四溢，希望的田野终于迎来了丰收的季节。金黄色的稻穗低垂着头，仿佛在向辛勤的农人致谢；红彤彤的苹

果挂满枝头，像一盏盏灯笼照亮了农人的笑脸。农人们脸上洋溢着幸福的笑容，他们挥舞着镰刀，收割着成熟的庄稼；他们采摘着果实，品尝着劳动的甘甜。在这片丰收的田野上，每一颗果实都承载着农人的汗水与希望，也见证着家国的繁荣与昌盛。

但农业的发展并非一帆风顺，面对自然灾害的侵袭、市场波动的挑战以及资源环境的约束，农业资源的保护与可持续利用显得尤为重要。近些年，一系列关于农业发展的战略和政策的实施，极大地推动了我国农业的高质量发展，我国农业正发生着翻天覆地的变化：智慧农业、绿色农业、生态农业等新型农业模式不断涌现，为农业资源的高效利用和可持续发展提供了有力支撑。在这片希望的田野上，农业资源不仅是丰收的源泉更是家国情怀的寄托。它见证了农人的辛勤付出和家国情怀的深厚底蕴，承载着中华民族几千年的农耕文明和优秀传统文化，更寄托着我们对美好生活的向往和追求。

第二节　灿烂古代文明的赓续发展

中国古代灿烂文明的赓续发展，是一部波澜壮阔的历史长卷，如同一条璀璨夺目的河流，穿越千年时光，滋养着华夏儿女的心田，也深刻影响着国家的命运与未来。这部历史，是无数智慧与勇气的结晶，是家国情怀的生动体现，它以独特的魅力，向世人展示了中华民族的伟大与不朽。

一、农耕文明的深耕细作，奠定家国基石

在远古的晨曦中，中华民族便开始了对农耕文明的探索与

实践。黄河之畔，长江之滨，先民们挥舞着简陋的工具，开垦出一片片肥沃的土地，种植五谷，饲养六畜。这不仅是一场生存之战，更是对家园的深情守望。

农耕文明的兴起，不仅解决了人们的温饱问题，更为国家的形成与发展奠定了坚实的物质基础。在这片土地上，人们学会了团结协作，共同抵御自然灾害，这种家国情怀在日复一日的劳作中悄然生根，成为中华民族精神的重要组成部分。

我的外祖父是这片土地上的一位普通农民，他的故事，就是千万农人生活的缩影。每年春耕，他都会带着我们小辈一起翻耕那片祖祖辈辈守护的田地。汗水滴落在泥土中，仿佛能听见大地的回响，那是对勤劳的赞歌，也是对未来的期许。

外祖父常常对我们说："这土地啊，是我们的根，也是我们的家。有了它，我们才能有饭吃，有衣穿，才能安安稳稳地过日子。你们要记住，无论将来走到哪里，都不能忘了这片养育我们的土地，不能忘了我们的家，更不能忘了我们的国家。"这些话，简单却深刻，如同种子一般，在我的心中生根发芽，将是我一生遵循的信念。

而每当夜幕降临，村庄里便升起了袅袅炊烟，家家户户围坐在一起，分享着一天的劳作与收获。孩子们在院子里嬉戏打闹，大人们则谈论着家长里短，偶尔也会提及国家的大事小情。在他们眼中，家国并不遥远，它就藏在日常生活的点点滴滴之中。每一次的辛勤耕耘，每一次的收获满仓，都是对家国最质朴的奉献。

农耕文明，就是这样一种润物细无声的力量，它以其独有的方式，塑造着中华民族的性格与灵魂。农民们用他们的汗水与智慧，书写着家国相连的壮丽篇章。他们的故事，如同涓涓细流，汇聚成海，滋养着这片土地上的每一寸生机，也激励着每一个中华儿女，不忘初心、牢记使命。

二、科技发明的璀璨夺目，照亮家国前程

中国古代的科技发明，如同夜空中最亮的星，照亮了家国发展的前程。从古至今，每一次科技的飞跃，都是对家国命运的深刻影响，它们以智慧为笔，以创新为墨，共同绘制了一幅幅波澜壮阔的家国画卷。

回望过去，中国的四大发明——造纸术、印刷术、指南针、火药，如同四颗璀璨的明珠，镶嵌在世界科技史的皇冠之上。它们极大地推动了古代中国的文化繁荣与经济发展，通过丝绸之路，远播海外，对世界文明产生了深远的影响。造纸术的发明，

让知识得以更广泛地传播，促进了文化的交流与融合；印刷术的革新，则极大地提高了信息复制的效率，加速了思想的碰撞与智慧的积累；指南针的问世，为航海事业开辟了新纪元，让中国的商船和探险家们能够勇敢地驶向未知的海域，探索世界的奥秘；而火药的发明，则在一定程度上改变了战争的面貌，展现了人类对抗自然、改造世界的力量。这些伟大的发明，不仅是中国古代科技智慧的结晶，更是中华民族对家国贡献的生动写照。

时光荏苒，日月如梭。进入近现代以来，中国的科技事业在曲折中前进，在困境中崛起。从“两弹一星”的辉煌成就，到载人航天、探月工程的成功实施；从高速铁路的风驰电掣，到超级计算机的全球领先；从5G通信技术的率先商用，到人工智能、大数据、云计算等新兴技术的蓬勃发展……一系列重大科技成果的涌现，不仅彰显了中国科技实力的显著提升，更为家国的繁荣发展注入了强劲的动力。

三、思想文化的百花齐放，滋养家国灵魂

中国思想文化以其独有的魅力与深度，让家国情怀在岁月的洗礼下愈发深厚而生动。这是一场跨越时空的盛宴，每一场思想

的碰撞、每一次文化的交融，都如同春日里百花齐放，竞相斗艳，共同编织出一幅幅绚丽多彩的家国画卷。

每一场思想的碰撞、每一次文化的交融，都如同春日里百花齐放，竞相斗艳，共同编织出一幅幅绚丽多彩的家国画卷。

遥想一下古老的黄河之畔，儒家思想如涓涓细流，悄然融入华夏儿女的血脉之中，“仁爱”“礼制”不仅成为了个人修养的标尺，更构建了社会和谐的基石。

孔子周游列国，以“己所不欲，勿施于人”的黄金法则，教诲世人以德治国，以礼相待，这份对家国深沉的爱，跨越千年，依然激励着后人追求更加和谐美好的社会图景。而孟子则进一步发扬“民贵君轻”的思想，将民众的福祉置于国家治理的核心，如同春雨般润物无声，滋养着家国情怀的土壤，让“天下为公”的理想在每个人心中生根发芽。

而到了唐宋，那是一个诗与远方的时代，文化的繁荣达到了新高度。李白的“长风破浪会有时，直挂云帆济沧海”表达了个人的豪情壮志，也蕴含了对国家昌盛、民族复兴的美好愿景；杜甫以“国破山河在，城春草木深”的沉郁笔触，记录了战乱年代人民的苦难，展现诗人忧国忧民的赤子之心；辛弃疾则以“醉里挑灯看剑，梦回吹角连营”表现其渴望收复失地、报效国家的壮志未酬……这些诗词歌赋，如同朵朵盛开的牡丹，竞相在中华文化的百花园中绽放，它们不仅美化了人们的精神世界，更激发了民众对国家的无限热爱与忠诚。

及至明清，尽管封建社会的种种弊端日益显现，但思想文化领域依然不乏亮点。顾炎武、黄宗羲等思想家，提出了“天下兴亡，匹夫有责”的响亮口号，将个人的命运与国家的兴衰紧密相连，极大地激发了民众的爱国情怀与民族意识。

步入近现代，随着西方文化的涌入，中国思想文化领域迎来了前所未有的变革。新文化运动高举“民主”与“科学”的大旗，对封建思想进行了猛烈抨击，同时也为马克思主义在中国的传播奠定了基础。毛泽东等老一辈革命家，将马克思主义与中国实际相结合，领导中国人民推翻了压在头上的三座大山，建立了新中国，实现了民族独立和人民解放。在这一过程中，无数仁人志士以家国情怀为动力，前赴后继，英勇奋斗。

时至今日，随着全球化的深入发展，中华文化在保持自身独特性的同时，也在积极吸收世界各民族的优秀文化成果，实现着更高层次的交流与融合。从“一带一路”倡议的提出，到构建人类命运共同体的理念倡导，中国正以更加开放包容的姿态，向世界展示着中华文化的独特魅力与深厚底蕴。在这一过程中，家国情怀不再局限于一国一地，而是成为了连接世界各国人民的情感纽带，共同推动着人类文明的进步与发展。

四、艺术成就的辉煌灿烂，装点家国风貌

艺术之河悠悠流淌，穿越了千年的风雨沧桑，每一幅画卷、每一件雕塑、每一曲旋律，都是家国情怀的深情告白，是民族精神的璀璨绽放。

一幅画卷缓缓展开，那是《清明上河图》的繁华盛景，细腻入微的笔触下，北宋都城汴京的市井生活跃然纸上。熙熙攘攘的街道，络绎不绝的商贾，繁忙的漕运，还有那各具特色的店铺、茶馆、酒楼，无一不透露着国家的繁荣与人民的安乐。这幅作品不仅是艺术的瑰宝，更是对那个时代家国昌盛的生动记录，让人仿佛穿越时空，亲身感受那份繁荣与和谐。

而提及书法，王羲之的《兰亭集序》则是另一座不可逾越的

明 仇英《清明上河图》（局部）

學士
世登兩府
成造金銀首
酒器俱全
太古氷絃
斲琴
青樓

高峰。那行云流水般的字迹，既有“飘若浮云，矫若惊龙”之美，又蕴含了作者对生命、自然及宇宙万物的深刻感悟。在兰亭雅集之上，文人墨客们把酒言欢，吟诗作对，那份超脱世俗、寄情山水的情怀，正是中华民族追求精神自由与和谐共生的真实写照。

在陶瓷艺术中，景德镇的青花瓷以其独特的魅力，成为了中国瓷器的代名词。那青白相间的釉色，如同雨后初晴的天空，清新脱俗；而那细腻的笔触、生动的图案，则讲述着一个个古老而美丽的故事。青花瓷不仅是生活用品，更是艺术与技术的结晶，它跨越时空的界限，将中国的美学理念传播至世界各地，成为连接不同文化、不同国家的友谊使者。每一件青花瓷作品，都是匠人精神的体现，也是国家文化软实力的展现。

转向戏曲，作为中国独有的艺术形式，它集文学、音乐、舞蹈、美术、武术、杂技等多种元素于一体，是中华文化的瑰宝。从古老的昆曲到风靡全国的京剧，再到各具特色的地方戏种，如越剧、黄梅戏、豫剧等，它们不仅丰富了人们的精神生活，更承载着家国情怀与民族记忆。在戏曲的舞台上，忠奸善恶、悲欢离合被演绎得淋漓尽致，观众在享受艺术之美的同时，也接受着道德的洗礼和情感的共鸣。戏曲，以其独特的魅力，成为连接过去与现在，传承家国情怀的重要载体。

中国的绘画艺术更是博大精深，从唐代的工笔重彩到宋代的水墨山水，再到元明清的文人画，每一种风格都代表着不同历史时期的文化特征和审美追求。画家们以笔墨为媒介，寄托情感，抒发胸臆，将家国情怀融入画中，创作出了一幅幅令人叹为观止的艺术佳作。如北宋范宽的《溪山行旅图》，以雄浑壮阔的山川景象，展现了自然之美与人的坚韧不拔；而元代黄公望的《富春山居图》，则以淡雅清新的笔墨，描绘了一幅宁静致远的江南山水，寄托了作者对家国故土的深深眷恋。

不仅如此，中国的民间艺术也是丰富多彩，如剪纸、刺绣、泥塑、皮影戏等，它们以其质朴无华、生动有趣的形式，深受人民群众喜爱。这些民间艺术通过简单的材料和工具，创造出一个个充满想象力和创造力的艺术形象，传递着人们对美好生活的向往和追求。

中国艺术的辉煌灿烂，不仅装点了家国风貌，更深刻地诠释了中华民族的文化底蕴与家国情怀。它如同一面镜子，映照出中华民族在历史长河中的奋斗与辉煌；它又如同一座桥梁，连接着过去与未来，让家国情怀在时间的流转中得以传承与发扬。在未来的日子里，我们有理由相信，中国艺术将继续以其独特的魅力与力量，为家国情怀的书写增添更加绚丽的色彩。

第三节 壮丽的锦绣山水和名胜古迹

这些自然与人文的瑰宝，不仅是大自然对这片土地的慷慨馈赠，更是中华民族悠久历史和灿烂文化的生动见证。

我国壮丽的锦绣山水与丰富的名胜古迹，绘就了一幅幅令人心旷神怡、魂牵梦绕的画卷。这些自然与人文的瑰宝，不仅是大自然对这片土地的慷慨馈赠，更是中华民族悠久历史和灿烂文化的生动见证。它们以各自独特的方式，诉说着家国情怀的深厚与广远，激发着每一个中华儿女对这片土地深沉的爱与自豪。

一、锦绣山水，家国情怀的自然诗篇

（一）长江三峡：历史深韵，自然交响

长江三峡，自古以来便是文人墨客笔下的常客，它以瞿塘峡的险峻、巫峡的秀美、西陵峡的壮阔，共同编织了一曲家国情怀的自然交响乐章。江水在这里奔腾不息，如同中华民族的血脉，滋养着这片广袤的土地。乘船穿梭于三峡之间，两岸青山相对出，云雾缭绕，仿佛置身于一幅流动的山水画中。这不仅是自然的奇观，更是中华民族坚韧不拔、勇往直前的精神象征。

长江三峡，用它那雄浑壮阔的姿态，诉说着家国情怀的深邃与厚重。屈原曾在此沿江而行，吟咏出《离骚》的悲壮与哀婉，表达了对国家命运的忧虑与对理想的执着追求；李白则以“两岸猿声啼不住，轻舟已过万重山”的豪迈诗句，描绘了三峡行舟的壮丽景象与诗人内心的豁达与超脱。

长江三峡的壮丽景观，是自然与人文和谐共生的典范。瞿塘峡的雄伟险峻、巫峡的幽深秀丽、西陵峡的滩多水急，构成了三峡独特的自然景观。在这里，重峦叠嶂，云雾缭绕，江水湍急，仿佛一幅流动的山水画，让人心旷神怡，流连忘返。而三峡大坝的建成，更是人类智慧与自然力量的完美结合，它不仅解决了长

江中下游地区的防洪问题，还为国家的经济发展提供了强大的动力支持。

站在三峡大坝之上，聆听着感人至深的故事。那些为了三峡工程建设而默默奉献的工人们，他们远离家乡，舍小家为大家，用汗水和智慧筑就了三峡大坝这一世纪工程；还有那些在抗洪抢险中英勇无畏的解放军战士和志愿者们，他们不畏艰险，冲锋在前，用实际行动诠释了“人民子弟兵为人民”的崇高使命。这些故事如同长江三峡中的浪花一般，虽然微小却充满力量，它们汇聚成一股磅礴的洪流，推动着中华民族不断向前发展。俯瞰着滚滚东流的江水，心中不禁涌起一股豪情壮志，为祖国的强大与繁荣而骄傲自豪。

（二）黄山云海：仙境缥缈，家国绮梦

黄山，被誉为“天下第一奇山”，其云海、奇松、怪石、温泉四绝闻名遐迩。站在黄山之巅，俯瞰那翻腾不息的云海，仿佛置身于仙境之中。迎客松以千年不变的姿态，屹立于悬崖峭壁之上，它不仅是黄山的象征，更是中华民族热情好客、坚韧不拔精神的化身。在这片仙境中，人们不仅能感受到大自然的鬼斧神工，更能体会到家国情怀的温馨与美好。黄山云海，如同一幅幅流动的家国画卷，让人心潮澎湃，难以自已。

我曾无数次在梦中邂逅黄山云海，那是一片让我心灵得以栖息的净土。终于有一天，我背起行囊，踏上了前往黄山的旅程。沿途的风景如同画卷般缓缓展开，青山绿水，鸟语花香，每一处都让人心旷神怡。当我真正站在黄山之巅，面对那片浩瀚无垠的云海时，所有的言语都显得苍白无力，只剩下内心的震撼与感动。那一刻，我仿佛置身于一个全新的世界，所有的烦恼与忧愁都被这片云海温柔地包裹起来，随风而去。我闭上眼睛，深深地吸了一口气，那是混合着泥土与草木芬芳的清新空气，它仿佛能洗净人心灵的尘埃，让人重新找回那份纯真与宁静。我睁开眼，只见云海翻腾，山峰时隐时现，如同仙境中的岛屿，让人心旷神怡，忘却尘嚣。

在黄山的旅途中，我遇到了许多有趣的人和事。有一位年逾古稀的老爷爷，他定期爬山，只为能亲眼看到那片云海。他说：“黄山云海是我一生的牵挂，每次看到它，我都能感受到一种莫名的力量，让我对生活充满了希望。”

还有一位年轻的导游小李，他热情洋溢，对黄山的历史文化了如指掌。他告诉我，黄山云海不仅仅是自然景观的瑰宝，更是当地人心中的精神寄托。在抗战时期，黄山脚下的村民们曾利用地形优势，为前线战士提供了宝贵的支援与掩护。小李的话让我更加深刻地理解了家国情怀的内涵——它不仅仅是对故土的眷恋与热爱，更是一种责任与担当，是每一个中华儿女在面对国家危难时挺身而出的勇气与决心。

如今，当我再次回想起那段在黄山的日子时，心中依然充满了温暖与感动。那片缥缈的云海、那些有趣的人和事、那段关于家国情怀的深刻领悟都将成为我人生中最宝贵的财富。

（三）桂林山水：田园诗意，家国梦萦

在那片被岁月轻柔抚摸过的土地上，桂林山水以它独有的姿态，悠然铺展于华夏大地的南端，仿佛是大自然不经意间遗落的一幅流动的水墨画卷，既蕴含着田园诗意的温婉，又激荡着家国情怀的深邃。这里，山不再是沉默的守望者，水也不再是孤独的旅者，它们相依相偎，共同编织着一个关于美、梦与家的永恒故事。

这里，山不再是沉默的守望者，水也不再是孤独的旅者，它们相依相偎，共同编织着一个关于美、梦与家的永恒故事。

“桂林山水甲天下”，这句流传千古的

赞誉，不仅仅是文人墨客对自然之美的由衷赞叹，更是无数旅人心中那份难以割舍的情愫。走进桂林，就如同踏入了一道活生生的山水画廊，每一座山、每一片水，都似乎在低语，讲述着千年的风雨沧桑与人间烟火。

晨曦初破，轻纱般的薄雾缓缓升起，轻轻覆盖在漓江之上，江面泛起层层细腻的涟漪，仿佛是大自然最温柔的笔触，在宁静的水面上勾勒出一幅幅梦幻般的景致。这时，你若乘一叶扁舟，顺流而下，两岸青山相对出，奇峰异石，形态万千，有的如老翁垂钓，有的似巨象饮水，还有的宛若少女梳妆，每一处都是大自然匠心独运的杰作，让人不禁感叹："此景只应天上有，人间难得几回寻。"

沿途，你可能会遇见那位被桂林山水深深吸引，留下"江作青罗带，山如碧玉篸"千古绝唱的唐代诗人韩愈。他的脚步虽已远去，但那份对自然之美的热爱与敬畏，却如同漓江水一般，源远流长，滋养着后来者的心田。想象着韩愈站在船头，望着眼前这幅流动的画卷，心中涌动的不仅仅是对美景的赞叹，更有对家国山河的无限热爱与感慨。

随着船行的深入，阳朔的遇龙河以它独有的宁静与柔美，缓缓映入眼帘。这里没有漓江的波澜壮阔，却多了一份小家碧玉的温婉与细腻。竹筏轻轻划过水面，惊起一圈又一圈的涟漪，两岸稻田碧绿，农舍错落有致，一派和谐宁静的田园风光，让人仿佛置身于陶渊明笔下的桃花源，忘却尘世的烦恼，只想沉醉在这份宁静与美好之中。

而提及桂林，不得不提的还有那片被誉为“世界梯田之冠”的龙脊梯田。 春日里，万物复苏，梯田里绿意盎然，层层叠叠，宛如大地的指纹，记录着勤劳与智慧的痕迹；秋风起时，稻浪翻滚，金黄色的波浪在阳光下闪耀，那是收获的颜色，也是希望的光芒。站在高处远眺，那壮观的梯田景观，不仅是自然与人力完美结合的典范，更是中华民族勤劳勇敢、自强不息精神的生动写照。

在桂林的旅途中，你还会遇见许多平凡而又真实的故事。那些世代居住在山水间的百姓，他们用勤劳的双手，在这片土地上耕耘、生活，将家园建设得如诗如画。他们的故事，或许没有惊天动地的壮举，却充满了对生活的热爱与坚持，对家园的守护与传承。这些平凡的故事，汇聚成了桂林山水最动人的篇章，让人在欣赏自然美景的同时，也能感受到那份深沉的家国情怀。

夜幕降临，桂林的山水又换上了另一副面貌。月光如洗，洒在漓江之上，波光粼粼，与远处的灯火交相辉映，营造出一种朦

龙脊梯田

胧而神秘的美。此时，漫步在桂林的街头巷尾，或是找一家临河的小店，品一杯清茶，听一曲桂林山水间的民谣，那份宁静与美好，足以让人的心灵得到彻底的放松与净化。

桂林山水，不仅仅是一处风景名胜，它更是一种文化的传承，一种精神的寄托。在这里，你可以感受到田园诗意的温馨与和谐，也可以体味到家国情怀的深沉与厚重。它让我们相信，无论时代如何变迁，那份对美好生活的向往与追求，对家国山河的热爱与敬仰，将永远是我们心中最宝贵的财富。

二、名胜古迹，家国情怀的历史篇章

（一）故宫：皇权的辉煌与家国的记忆

故宫，这座明清两代的皇家宫殿，以其宏伟的建筑和丰富的文物藏品，成为了中华文明的瑰宝。红墙黄瓦，金碧辉煌，每一砖一瓦都透露着皇家的威严与奢华。漫步在紫禁城的石板路上，仿佛穿越时空回到了那个辉煌的时代。故宫不仅是一座宫殿建筑群的杰出代表，更是一部活生生的历史教科书。它让我们深刻感受到中华民族悠久的历史文化和灿烂的文明成果，也让我们对家国情怀有了更深刻的理解和感悟。在这里，家国情怀被赋予了更加具体和生动的内涵，它不仅仅是对传统文化的尊重与传承，更是对国家繁荣昌盛的期盼与祝福。

太和殿，这座故宫的心脏，不仅是皇帝举行大典、接受百官朝贺的地方，更是国家尊严与皇权至高无上的象征。每当晨曦初照，金色的阳光穿透云层，洒在这座金碧辉煌的宫殿上，仿佛能听见历史的回响，看见一代代帝王在此宣读着帝国的律令，那份君临天下的气势，让人不由自主地肃然起敬。而每当夜幕降临，华灯初上，故宫又展现出另一番宁静祥和的景致，让人在感叹皇权辉煌的同时，也感受到家国安宁的珍贵。

故宫见证了无数文人墨客的悲欢离合。明代大文豪杨慎，因“大礼议”事件被贬谪至云南，虽远离京城，但心中对家国的深情却从未减退。他在《临江仙·滚滚长江东逝水》中写道：“滚滚长江东逝水，浪花淘尽英雄。是非成败转头空。青山依旧在，几度夕阳红。白发渔樵江渚上，惯看秋月春风。一壶浊酒喜相逢。古今多少事，都付笑谈中。”这首词不仅表达了对历史变迁的感慨，更蕴含了对家国兴衰的深深忧虑与无奈。

（二）长城：民族的脊梁与家国的象征

长城，这条蜿蜒于崇山峻岭之间的巨龙，不仅是中华民族坚韧不拔精神的物化，更是家国情怀的深刻象征。它穿越历史的长河，见证了无数朝代的更迭与民族的兴衰，让每一个站在它脚下的人，都能感受到那份沉甸甸的家国责任与自豪。

“不到长城非好汉”，这句耳熟能详的名言，激励着无数中华儿女踏上寻根之旅，去亲身触摸那份跨越千年的壮丽。长城，不仅仅是一道墙，它是智慧与勇气的结晶，是汗水 与血泪的见证。每一块砖石，都承载着先民们对和平的渴望与对家园的守护；每一座烽火台，都讲述着抵御外侮、保卫家国的英勇故事。站在长城之上，远眺群山连绵，心中不禁涌起一股豪情壮志，仿佛能听见那远古的战鼓声，看见那英勇的将士们身披铠甲，誓死捍卫这片土地的尊严。

长城的建造，是中国古代劳动人民智慧与力量的集中展现。在那个没有现代化机械的时代，人们凭借着简陋的工具和坚定的信念，硬是将一块块巨石搬运到山巅之上，筑起了这道坚不可摧的防线。其中，不仅有工匠们的巧思妙手，更有无数普通百姓的默默奉献。他们或肩扛手推，或开山劈石，用血肉之躯筑起了这道民族的脊梁。这种不屈不挠、勇于奉献的精神，正是中华民族千百年来生生不息、繁荣昌盛的源泉所在。

如今，长城已经成为了中国的一张名片，吸引着来自世界各地的游客前来观光游览。他们在这里感受历史的厚重与文化的魅

长城

力，更在这里领悟到家国情怀的深刻内涵。长城，用它那独特的魅力，向世界展示了一个古老而又充满活力的中国形象。

（三）秦始皇兵马俑：帝国的守望与家国的荣耀

历史的风尘轻轻拂过，揭开了一幕震撼世界的壮丽史诗——秦始皇兵马俑，每一尊静默的陶俑背后，都藏着对家国无尽的守望与荣耀的颂歌。

“家是最小国，国是千万家。”这句现代的话语，跨越千年，与秦始皇兵马俑所蕴含的家国情怀不谋而合。

“家是最小国，国是千万家。”这句现代的话语，跨越千年，与秦始皇兵马俑所蕴含的家国情怀不谋而合。在那个时代，每一个秦人心中都燃烧着对国家的热爱与忠诚，他们相信，只有国家的强大，才能带来家庭的安宁与幸福。因此，无论是战场上的英勇杀敌，还是工匠们夜以继日的劳作，都是为了同一个目标——守护这片土地，守护自己的家园。

在这片陶俑的海洋中，我们仿佛能听到

远古的战鼓声，感受到那份跨越时空的热血与激情。其中，有一尊被誉为“将军俑”的陶俑，他身材魁梧，头戴鹖冠，身披铠甲，目光如炬，仿佛正在指挥千军万马，运筹帷幄之中，决胜千里之外。他不仅是秦军高级将领的象征，更是秦人智慧与勇气的化身，他的存在，让人不由自主地联想到那些历史上赫赫有名的秦将，如白起、王翦等，他们用自己的生命和热血，书写了秦国的辉煌篇章，也为后世留下了无数可歌可泣的英雄故事。

“天下兴亡，匹夫有责。”这不仅是古人的教诲，更是我们现代人应当铭记于心的责任与担当。当我们站在秦始皇兵马俑面前，感受着那份历史的厚重与庄严，更应当思考如何在新时代继续传承和发扬这种家国情怀。无论是投身科研、教育、医疗等各个领域，还是在平凡的岗位上默默耕耘，我们都可以用自己的方式，为国家的繁荣富强贡献自己的力量。因为，家与国，从来都不是割裂的，它们紧密相连，共同构成了我们共同的命运与未来。

第四节 良好的国风礼仪

在浩瀚的历史长河中，中国，这个拥有五千年文明史的古老国度，孕育了璀璨夺目的国风礼仪。它如同一条绚烂的锦缎，以家为经，以国为纬，经纬交织间，不仅展现了中华民族独有的精神风貌，更深刻地体现了家国情怀的深邃与广阔。

一、家之礼：温馨港湾的温情脉脉

在人生的旅途中，家，总是那个最温暖的港湾，而国风礼仪则如同港湾中细腻的浪花，轻轻拍打着心岸，传递着无尽的温情与爱意。家之礼，是细腻而温馨的，它像一缕春风，轻轻拂过心田，让家成为每个人心中最柔软的地方。

家之礼，是细腻而温馨的，它像一缕春风，轻轻拂过心田，让家成为每个人心中最柔软的地方。

（一）孝悌为本，家和万事兴

在国风礼仪的起点，是家的温暖与和谐。孝，作为百善之首，是维系家庭情感的重要纽带。它不仅仅是物质上的供养，更是心灵上的慰藉与尊重。孩子们在晨昏定省中学会感恩，父母在言传身教中传递着爱的力量。而悌，则是对兄弟姐妹间和睦相处的倡导，它让家的氛围更加温馨，减少了纷争，增添了互助与理解。家和万事兴，这张由孝悌编织的亲情网，是每个人最坚实的后盾。

清代名臣曾国藩，被誉为“晚清中兴第一名臣”。曾国藩深受儒家思想影响，他强调，孝是对父母长辈的敬重和报恩，悌是对兄弟姐妹的友爱和关心。在曾国藩看来，只有孝悌才能使家庭和睦、兴旺发达。他甚至认为，孝悌比耕读更重要，耕读之家能延续

明 仇英 《二十四孝图 · 汉文帝亲尝汤药》

五六代，而孝友之家则可绵延十代八代。

曾国藩自己终身躬行孝悌，是孝悌的楷模。在孝的方面，他对祖父母、父母极其恭敬孝顺。他始终以很低的姿态给父母长辈写信，常常盛赞其德其行，时时嘘寒问暖，经常禀报商议家事，恳请兄弟子侄尽孝尽责。当父母长辈稍有病恙，他深切担忧，远隔数千里外也心系家中。当母亲病故时，他更是哀痛不已，深深自责。在悌的方面，曾国藩与兄弟之间情深意重。他写给弟弟们的信最多，字里行间充满了兄弟之情和望弟成才的苦心。他鼓励弟弟们勤奋学习，勉励他们自立自强，同时也关心他们的生活和成长。在曾国藩的悉心教导下，他的弟弟们也都取得了不俗的成就。

曾国藩他一生写下千余封家书，内容涵盖经邦纬国、治学修身、居家日常等方方面面。在这些家书中，他反复强调孝悌的重要性，要求家人时刻铭记在心。在他的教诲下，他的子女们都秉承了好学、勤奋、俭朴、孝悌的良好家风。

（二）餐桌礼仪，食中有道

餐桌，是家庭情感交流的重要场所。国风餐桌礼仪，不仅仅是对食物的尊重，更是对家人的关爱与尊重。长辈先动筷，晚辈后享用，体现了尊老爱幼的传统美德；轻声细语，不浪费食物，则是对自然馈赠的感激与珍惜。在觥筹交错间，家的温馨与和谐得以升华。

在一次家庭聚会上，家人们边吃边聊，话题从家长里短到国家大事，无不透露出对生活的热爱与对未来的憧憬。然而，在这和谐美好的画面中，也会跳出一些不和谐的音符。某位年轻的家族成员，或许因一时疏忽，或是缺乏餐桌礼仪的熏陶，竟在众人面前大快朵颐，不顾及形象，甚至用筷子在盘中翻江倒海，寻找自己心仪的食物。这样的行为，如同在平静的湖面上投下一颗石子，瞬间打破了原有的宁静与和谐。家人们或投以责备的目光，或轻声提醒，但那份微妙的尴尬与不适，却已悄然在空气中弥漫开来。

这一幕，虽是小事一桩，却也不容忽视。它像一面镜子，映照出我们在享受美食、追求口腹之欲的同时，是否还记得那些被遗忘的餐桌礼仪，是否还保持着对他人感受的尊重与理解。餐桌，这个看似平凡的场所，实则蕴含着丰富的文化内涵。它不仅是家人团聚、情感交流的温馨港湾，更是传承文化、弘扬美德的重要阵地。

二、国之礼：大国风范的磅礴气势

国之礼，犹如一幅波澜壮阔的历史长卷，在岁月的长河中缓缓铺展，一笔一画都镌刻着华夏儿女对家国深沉的爱与无尽的骄傲。这不仅仅是一种外在的仪态展现，更是内在精神世界的璀璨绽放，是历经千年风雨洗礼后，依然熠熠生辉的文化瑰宝。

国之礼，犹如一幅波澜壮阔的历史长卷，在岁月的长河中缓缓铺展，一笔一画都镌刻着华夏儿女对家国深沉的爱与无尽的骄傲。

（一）礼仪之邦，待客之道

中国自古便有“礼仪之邦”的美誉，待客之道更是其中的精髓。无论是官方外交还是民间交往，都讲究以礼相待，热情好客。从迎接客人的微笑到送别时的挥手，每一个细节都透露出主人的诚意与尊重。在重大场合，更是会举行盛大的欢迎仪式，如古代的“九宾之礼”，现代的国宴招待，无不彰显着中国作为大国的风范与气度。

春秋战国时期，孔子周游列国，虽屡遭冷遇，但其所倡导的“有朋自远方来，不亦乐乎”的待客理念，却如春风化雨，滋养了后世无数文人士子的心田。孔子的这一思想，不仅是对个人修养的要求，更是对国家间和谐共处、文化交流的深切期盼。

步入盛唐，长安城作为世界的中心，汇聚了八方来使，各国文化在此交融碰撞。唐玄宗李隆基，以其博大的胸襟和深厚的文化底蕴，开创了“开元盛世”的辉煌篇章。他不仅在政治上励精图治，更在文化交流上展现出非凡的远见卓识。据史书记载，每当外国使节来访，唐玄宗总是亲自接见，设宴款待，席间丝竹之声悠扬，歌舞升平，尽显大国风范。这种超越国界的友好交流，不仅加深了中外人民之间的友谊，也极大地促进了文化的传播与发展，让中华文明的光芒更加耀眼夺目。

转至近代，虽历经风雨飘摇，但中华民族的待客之道却从未改变。周恩来总理，以其卓越的外交才能和高尚的人格魅力，成为了新中国外交史上的一座丰碑。他常说：“外交无小事。”在接待外宾时，周总理总是事无巨细，亲力亲为，从礼仪安排到言谈举止，无不体现出中国作为礼仪之邦的深厚底蕴。他的一笑一颦，一言一行，都传递着中国人民的友好与热情，赢得了国际社会的广泛赞誉。周总理的待客之道，不仅展现了个人的魅力与智慧，更彰显了中国作为一个负责任大国的形象与担当。

（二）节日庆典，共襄盛举

节日，是国家文化的重要载体，也是展现国风礼仪的最佳时机。春节的鞭炮声声，中秋的月圆人团圆，端午的龙舟竞渡……每一个节日都承载着丰富的文化内涵和深厚的家国情怀。在这些日子里，人们通过祭祀祖先、团圆聚餐、赏花灯、赛龙舟等活动，不仅加深了家庭成员间的情感联系，也增强了民族凝聚力和国家认同感。

1949年的金秋十月，天安门城楼上，毛泽东主席用他那铿锵有力的声音，向世界庄严宣告："中华人民共和国中央人民政府今天成立了！"这一刻，亿万中华儿女的心被紧紧凝聚在一起，家国情怀在每个人的胸膛中激荡。随后的国庆庆典，虽然条件有限，但那份对新生国家的热爱与自豪，却如同熊熊燃烧的火焰，照亮了新中国的未来之路。钱学森、邓稼先等一大批海外归来的科学家，放弃了国外的优厚待遇，毅然决然地投身到祖国的怀抱中，用他们的智慧和汗水，为新中国的科技事业奠定了坚实的基础。他们的名字，与家国情怀紧密相连，成为了激励后人的不朽丰碑。

节日庆典，是时间的印记，是文化的传承，更是家国情怀的集中展现。每一次的庆祝，都是对过去的回顾与致敬，对未来的憧憬与期待。它让我们在欢声笑语中感受到家的温暖，在庄严的仪式中体会到国的强大。家国情怀，如同一条纽带，将每一个中华儿女的心紧紧相连，让我们在追梦的路上，既有方向，又有力量。

三、家国相连：礼仪中的情感共鸣

家与国，如同血脉相连的双生花，既各自绽放着独特的光彩，又在无声中交织出一幅幅动人心魄的画卷。礼仪，作为文化传承的纽带，不仅规范了社会的行为秩序，更在细微之处触动着人们心中那份对家国深深的情感共鸣。

（一）忠孝两全，家国同构

自古以来，忠与孝便是中华民族最为推崇的两大美德，它们相互交织，共同构筑了中华民族独特的精神家园。忠，是对国家的忠诚与奉献，是“天下兴亡，匹夫有责”的担当；孝，则是对家庭的尊重与爱护，是“百善孝为先”的温情。在忠孝两全的光辉照耀下，无数仁人志士以家国天下为己任，用他们的生命和热血谱写了一曲曲感天动地的壮丽诗篇。

岳飞，这位南宋时期的抗金名将，便是忠孝两全精神的杰出代表。他背上的“尽忠报国”四个大字，不仅是他对国家的忠诚誓言，更是他一生行动的真实写照。在战场上，岳飞率领岳家军屡建奇功，誓死捍卫国家领土完整；而在家中，他又是一位孝顺的儿子，对母亲言听计从，以孝为先。

在这个和平与发展的年代，虽然没有了硝烟弥漫的战场，但忠孝两全的内涵却更加丰富和多元。它体现在对工作的尽职尽责上，对家庭的悉心照料中，对社会的无私奉献里。无数普通人在自己的岗位上默默耕耘，用实际行动诠释着忠孝两全的新时代内涵。他们或是坚守在边疆的军人，用青春和热血守护着国家的安宁；或是奋斗在科研一线的科学家，用智慧和汗水推动着国家的科技进步；或是扎根在基层的干部，用真心和实意服务着人民群众……他们每一个人都是忠孝两全精神的传承者，都在用自己的方式为国家的发展贡献着力量。

家国同构，是中华文化的独特魅力所在。在中华儿女的心中，家与国是紧密相连、不可分割的整体。家的温馨与和谐为国家的发展提供了坚实的后盾；国家的繁荣与强大则为家庭的幸福安康提供了有力的保障。正是这种家国同构的理念，让无数中华儿女在面对家国抉择时，能够毫不犹豫地选择忠诚与奉献。他们用自己的行动证明了：忠孝两全不仅是一种个人品德的修养，更是一种对家国情怀的深刻理解和自觉践行。

（二）文化传承，礼仪先行

国风礼仪，是中华文化的重要组成部分，也是连接过去与未来的桥梁。它不仅仅是外在的行为规范，更是内在的精神追求。通过礼仪的传承，我们能够更好地理解和感受中华文化的博大精深，从而增强民族自豪感和文化自信。

回望历史，那些璀璨夺目的文化星辰中，无不闪烁着礼仪的光芒。孔子，这位儒家学派的创始人，以其“克己复礼”的思想，为后世树立了礼仪的典范。他倡导“非礼勿视，非礼勿听，非礼勿言，非礼勿动”，将礼仪视为个人修养与社会和谐的重要基石。在孔子的教诲下，礼仪不再仅仅是形式上的繁文缛节，而是成为了人们内心深处对美好品德的追求与践行。孔子的思想影响了中国数千年，使得礼仪之花在华夏大地上遍地开放，成为了中华民族独有的文化符

在孔子的教诲下，礼仪不再仅仅是形式上的繁文缛节，而是成为了人们内心深处对美好品德的追求与践行。

号。

而到了近现代，礼仪的传承与发展更是与家国情怀紧密相连。孙中山先生，这位伟大的革命先驱，不仅以其卓越的领导才能推动了中国近代史上的伟大变革，更以其高尚的品德和深厚的礼仪修养赢得了人民的尊敬与爱戴。在孙中山先生的身上，我们看到了一个真正的君子形象——他对待家人温柔体贴，对待朋友忠诚义气，对待国家更是鞠躬尽瘁、死而后已。孙中山先生用自己的行动诠释了“文化传承，礼仪先行”的深刻内涵，为后人树立了光辉的榜样。

当然，礼仪的传承更体现在我们日常生活的点点滴滴之中。在家庭中，父母通过言传身教，将尊老爱幼、勤劳节俭等优良传统传递给下一代；在学校里，老师通过课堂教学与实践活动，引导学生树立正确的价值观和行为规范；在社会中，各行各业的人们都以自己的方式践行着礼仪之道，共同营造了一个和谐有序的社会环境。这些看似微不足道的细节，却汇聚成了推动文化传承的强大力量。

第五节 友善的国际邻邦关系

我国自古以来便以“和为贵”的哲学思想为基石，坚持和平发展道路，尊重各国的主权和领土完整，不干涉别国内政，致力于构建人类命运共同体，推动建设相互尊重、公平正义、合作共赢的新型国际关系。我们也深知，在新时代的背景下，国际形势复杂多变，全球性挑战层出不穷，需要加强国际合作共同应对气候变化、恐怖主义、网络安全等全球性挑战。中国将继续秉持共商共建共享的全球治理观，推动全球治理体系朝着更加公正合理的方向发展，以开放包容的姿态，积极参与全球治理，与世界各国携手同行，共同绘制出一幅幅生动活泼、家国情怀深厚的国际友谊画卷。

一、历史为鉴，和而不同——文化交流的桥梁

“和而不同”作为中国传统文化中一种重要哲学思想，它不仅是一种处世哲学，更是中华民族精神内核的重要组成部分。“和而不同”是指世间万物千差万别、各具特色的本质属性，它提醒我们，在这个多彩的世界里，没有两片完全相同的叶子，也没有两个完全相同的人或文化。这一思想深刻揭示了人类社会发展的内在规律，即在多元共存的世界中，如何在尊重与理解差异的基础上，实现和谐共生的理想状态。

“和而不同”作为中国传统文化中一种重要哲学思想，它不仅是一种处世哲学，更是中华民族精神内核的重要组成部分。

差异是客观存在的，也是推动社会进步和文明发展的重要动力，“和而不同”的哲学思想，正是要求我们在面对这些差异时，能够保持一种理性的态度和开放的心态，既

不盲目排斥也不盲目同化，而是在尊重差异的基础上，通过沟通、交流、协商等方式，寻求共识、建立信任、促进合作，最终实现和谐共处的目标，它强调在尊重差异的基础上寻求和谐共处。

随着全球化的深入发展，各国之间的联系日益紧密，但同时也面临着文化冲突、价值观分歧等挑战，在这样的背景下，“和而不同”的理念为我们提供了宝贵的启示：只有尊重差异、包容多样，才能增进相互理解和信任；只有加强对话与合作，才能共同应对全球性挑战；只有实现和谐共生，才能推动人类社会的持续进步与发展。

我国在与邻国的文化交流中，这种思想得到了充分的体现。中国始终秉持着开放包容的态度，尊重各国文化的独特性和多样性，致力于在文化交流中寻求共识、增进理解。

（一）丝绸之路

回望历史的长河，丝绸之路无疑是一条璀璨夺目的文明交流之路，它以非凡的坚韧和包容，跨越千山万水，将遥远的地平线紧密相连，编织出一幅幅东西方文明交融的壮丽画卷。这条古老的商路，不仅是商品与财富流动的黄金通道，更是智慧与文化的璀璨星河，照亮了人类历史的天空。

陆上丝绸之路，蜿蜒于广袤的欧亚大陆之上，驼铃声声，穿越沙漠戈壁，见证了无数商队的艰辛与坚韧。他们携带着中国的丝绸、瓷器、茶叶等精美商品，跨越千山万水，将这些东方的瑰宝带到了遥远的西方世界，这些商品也成为了文化的使者，将中国的哲学思想、文学艺术、科学技术等璀璨文化带到了异国他乡，激发了西方世界的无限想象与向往。

而海上丝绸之路，则以浩瀚的大海为舞台，帆影点点，乘风破浪，连接着中国与外国海上交通的起点，主要是南海和印度洋，起点主要是广州和泉州。在这条路线上，中国的商品同样远播海外，同时，来自西方的香料、珠宝、宗教信仰等也通过这条海上通道涌入中国，为古老的华夏大地带来了异域的风情与文化的碰撞。

无论是陆上丝绸之路上的驼铃声声，还是海上丝绸之路上的帆影点点，这种双向的文化交流，是丝绸之路最为宝贵的财富，都见证了中国与邻国之间深厚的文化情谊，它不仅仅是物质的交换，更是心灵的沟通与智慧的碰撞：在交流中，不同文明之间的界限被打破，彼此之间的理解和尊重得以加深，中国的儒家思想、道家哲学、诗词歌赋、书法绘画等文化瑰宝，在西方世界引起了强烈的反响与共鸣；而西方的宗教信仰、科学精神、艺术风

油画 海上丝绸之路

格等，也为中国文化注入了新的活力与灵感。

这种双向的文化交流，不仅促进了不同文明之间的理解和尊重，也推动了人类文明的共同进步。

（二）一带一路

进入21世纪后，中国提出的“一带一路”倡议，旨在通过加强共建国家之间的互联互通和合作发展，实现共同繁荣。这一倡议不仅是对古代丝绸之路精神的传承与弘扬，更是在新的时代背景下，以其深远的战略眼光和广阔的国际视野，为全球经济发展与文化交流搭建了新的平台、注入了新的活力与机遇，为推动构建人类命运共同体作出了积极贡献。

在“一带一路”的宏伟蓝图下，孔子学院作为中华文化的海外使者，在传播中华文化上发挥着不可替代的重要作用。通过孔子学院这一平台，汉语这一古老而美丽的语言得以跨越国界，走向世界，中国文化的精髓与魅力，也得以被更多外国朋友所了解和欣赏。孔子学院不仅教授汉语知识，更通过丰富多彩的文化活动和交流项目，让外国学员亲身体验中国的传统节日、民俗风情、艺术表演等，从而增进对中国文化的理解和认同。通过孔子学院的教学和活动，越来越多的外国朋友开始接触和学习汉语、了解中国文化、体验中国风情，它们如同星星之火，在全球范围内迅速发展壮大，成为中外文化交流的桥梁和纽带。

此外，“一带一路”倡议还促进了中国与共建国家在文化年、艺术节、电影节等多个领域的深度合作与交流，这些活动以文化为媒介，以艺术为桥梁，不仅展示了各国文化的独特魅力和多样性，也为各国人民提供了相互学习、相互借鉴的宝贵机会。通过这些交流与合作，各国人民之间的心灵距离得以拉近，文化认同感得以增强，为构建更加和谐、包容的世界文化生态奠定了坚实基础。

“一带一路”倡议下的文化交流与合作，如同一股温暖的春风，吹遍了世界的每一个角落。它不仅为共建国家的经济发展注入了新的动力，更为不同文明之间的对话与融合开辟了新的路径。这种基于文化认同的友善关系，如同一条无形的纽带，将中国与世界各国紧密连接在一起，共同书写着人类文明进步的新篇章。

二、互利共赢，共同发展——经济合作的典范

经济是全球化的重要驱动力，也是中国与邻国构建友善关系的重要基石。中国坚持对外开放的基本国策，积极参与全球经济

治理体系改革，推动构建开放型世界经济。与邻国之间的经济合作，不仅促进了中国自身的经济发展，也为周边国家带来了实实在在的利益。

（一）自由贸易区

自由贸易区网络的不断拓展，正如一幅错综复杂的经济版图，在中国与邻国之间铺设了一条条繁荣的通途。这些自由贸易区不仅是物理空间上的接壤，更是经济体系内的深度融合，它们像一座座桥梁，连接着不同的市场，让商品、服务、资本和技术得以自由穿梭，无界流通。

关税壁垒的降低，是自由贸易区带给双方最直接的实惠。它不仅减轻了企业的税收负担，提高了商品的竞争力，还加速了商品流通的速度，让消费者能够更快地享受到来自不同国家的优质产品和服务。这种无差别的市场准入条件，为双方企业创造了更加公平、透明的竞争环境，激发了市场主体的活力与创造力。

与此同时，自由贸易区的建立还促进了产业结构的优化升级。随着市场的开放和竞争的加剧，企业不得不寻求技术创新和产品升级以保持竞争力。这种倒逼机制推动了企业加大研发投入，提高自主创新能力，进而带动了整个产业链的升级和转型。中国作为自由贸易区网络中的重要一员，其先进的制造业、服务业和技术创新能力为邻国提供了广阔的合作空间和发展机遇。

自由贸易区网络的持续拓展为中国与邻国之间的经济合作开辟了广阔的前景。随着双方合作的不断深入和拓展，一个更加开放、包容、繁荣的世界经济格局正在逐步形成。

（二）国际投资合作项目

中国与邻国之间的双边或多边投资合作项目，犹如一股股强劲的推动力，加速着区域经济一体化的进程。这些项目，如同精心布局的棋局，涉及基础设施建设、产业升级、农业合作、能源开发等多个关键领域，不仅关乎国家经济发展的长远大计，更直接惠及民生，为区域内各国人民带来了实实在在的福祉。

以中巴经济走廊为例，这一横跨巴基斯坦南北的经济走廊，不仅是中国与巴基斯坦两国友谊的象征，更是区域经济合作的典范。通过一系列基础设施的建设，如公路、铁路、港口、能源等，中巴经济走廊极大地改善了巴基斯坦的交通运输条件和能源供应状况，为巴基斯坦的产业升级和经济发展注入了强劲动力。同时，这些项目的实施也为中国企业提供了广阔的海外市场和发展空间，促进了中国经济的多元化和国际化进程。

中老铁路和中泰铁路的建设，同样是中国与邻国在交通基础设施建设领域合作的杰出代表。这两条铁路的开通，不仅缩短了中国与老挝、泰国之间的距离，更拉近了彼此的经济联系和人文交流。它们为区域内的商品流通、人员往来和旅游合作提供了更加便捷的条件，促进了沿线地区的经济繁荣和社会进步。此外，这些铁路项目还带动了相关产业链的发展，如钢铁、水泥、机械等行业的繁荣，为区域内各国创造了大量的就业机会和税收收入。

除了基础设施建设外，中国与邻国在产业升级、农业合作和能源开发等领域的合作项目也层出不穷。这些项目通过引进先进技术和管理经验，促进了区域内产业结构的优化升级和农业生产的现代化转型。同时，能源开发项目的合作也缓解了区域内能源供应紧张的局面，为各国经济发展提供了有力的能源保障。

中国与邻国之间的双边或多边投资合作项目是推动区域经济一体化进程的重要抓手。这些项目通过加强基础设施建设、促进产业升级、深化农业合作和能源开发等领域的合作，不仅加速了区域内各国经济的发展和融合程度的提升，更为各国人民带来了实实在在的福祉和繁荣的希望。

（三）金融机构

为了更好地支持周边国家的经济发展和社会进步，中国还通过设立亚洲基础设施投资银行、丝路基金等金融机构，为周边国家提供资金支持。这些金融机构的成立，不仅是对国际多边金融体系的有力补充，更是中国积极支持周边国家经济发展和社会进步的具体行动。

亚洲基础设施投资银行的设立，旨在满足亚洲地区对基础设施建设的巨大需求。通过汇聚各国资金，AIIB为亚洲及域外国家的基础设施项目提供了长期、稳定的资金支持。这种支持不仅缓解了相关国家面临的资金短缺问题，还促进了区域内基础设施的互联互通和经济的协同发展。同时，AIIB的成立也丰富了国际多边金融体系的资金来源和融资模式，为国际经济治理体系的改革与完善贡献了中国智慧和力量。

丝路基金的设立，则进一步拓展了中国与周边国家在金融合作领域的广度和深度。作为中长期开发投资基金，丝路基金重点支持“一带一路”建设中的基础设施互联互通、资源开发、产业合作和金融合作等领域。通过提供股权、债权等多种形式的资金支持，丝路基金帮助共建“一带一路”国家实现了资源的优化配置和经济的可持续发展。此外，丝路基金还注重与其他国际金融机构和私营部门的合作，共同推动项目的落地与实施，形成了多元化的融资渠道和合作机制。

通过金融合作与资金支持，中国与邻国在经济发展的道路上实现了更加紧密的联动和共赢。一方面，中国通过金融机构的运作，为周边国家提供了急需的资金支持和技术援助，促进了其经济社会的快速发展；另一方面，周边国家的经济繁荣也为中国的商品出口、投资合作和人员往来提供了广阔的市场和机遇。这种相互依存、共同发展的关系，不仅加深了中国与邻国之间的友谊和互信，也为区域经济的繁荣稳定注入了新的动力。

三、安全合作，共筑和平——稳定环境的保障

和平稳定，作为发展繁荣的基石，是中国与邻国携手共进的先决条件，也是构建长期、稳固、友善关系的牢固支撑。在全球化日益加深的今天，面对错综复杂的国际安全环境，中国作为负责任的大国，坚持走和平发展道路，始终不渝地秉持和平、发展、合作、共赢的外交政策宗旨，坚定地走和平发展道路，致力于与邻国共同维护地区和平稳定，展现出大国担当与风范。

在军事领域，中国与邻国加强安全对话与合作机制建设，积极推动与邻国构建新型军事关系，通过定期举行联合军演、防务政策对话、军事人员互访等形式，双方不仅加深了对彼此军事战略意图、能力建设的了解，还有效提升了应对共同安全威胁的能

力，这些举措不仅增进了军事互信，更为地区和平稳定筑起了一道坚实的防线。

在反恐、打击跨国犯罪等非传统安全领域，面对恐怖主义、跨国犯罪、网络安全等全球性挑战，中国更是与邻国紧密合作，共同构建安全合作新架构应对挑战。双方加强情报交流、协同作战、能力建设等方面的合作，有效遏制了非传统安全威胁的蔓延。特别是在反恐斗争中，中国积极参与国际反恐合作，与邻国分享反恐经验，提供必要支持，为地区乃至全球的反恐事业作出了重要贡献。

此外，中国还充分发挥建设性作用，积极参与地区热点问题的斡旋与调解。面对复杂的地区局势和敏感的热点问题，中国坚持客观公正立场，通过外交渠道加强与各方沟通协调，通过对话协商寻求和平解决方案，努力推动政治解决争端，为维护地区和平稳定贡献了中国智慧和中国力量。

中国提出的“和平共处五项原则”“共同、综合、合作、可持续的安全观”等理念，为国际社会处理复杂敏感问题提供了有益借鉴，也为维护地区乃至世界的和平稳定贡献了中国智慧和中国方案。

四、民心相通，情感交融——人文交流的纽带

国之交，在于民相亲；民相亲，则在于心与心的真诚相通。这种深刻的连接，正是中国与邻国之间构建和谐友善关系的基石。为了夯实这一基石，中国近年来积极采取了一系列富有成效的措施，致力于推动与邻国人民之间的广泛交流与深刻理解。

国之交，在于民相亲；民相亲，则在于心与心的真诚相通。

（一）国际品牌活动

在文化的舞台上，中国精心打造了“欢乐春节”和“感知中国”等一系列具有国际影响力的品牌活动，搭建起了一座座跨越国界的文化桥梁，向世界展示了丰富多彩的中国传统节日和民俗文化，让不同肤色、不同语言的人们得以相聚一堂，共享文化盛宴。

“欢乐春节”活动中舞龙舞狮、贴春联、包饺子、赏花灯……这些传统习俗的再现，让外国友人亲身体验了中国春节的热闹

与温馨，让他们深刻感受到了中国文化的独特韵味和节日的浓厚情感。

“感知中国”活动，则像是一扇敞开的窗户，让外国友人得以更加深入地了解中国的历史、文化和社会风貌，向世界展示了其悠久的历史传承、璀璨的艺术成就和蓬勃的发展活力。

春节的鞭炮声、元宵的灯火、中秋的圆月……这些中国文化符号，如同一串串璀璨珍珠，串联起中国与邻国人民之间的情感纽带，让外国友人深刻感受到中国文化的博大精深和独特魅力。

（二）多领域交流活动

同时，中国还积极推动旅游、教育、体育等领域的交流合作，为邻国青年提供了更多了解中国的机会。

在旅游领域，中国以其独特的自然风光、丰富的历史遗迹和多元的文化景观，成为了邻国青年探索世界的热门目的地。从北京的古老胡同到上海的繁华都市，从西安的古城墙到杭州的西湖美景，每一处都散发着独特的魅力，吸引着无数青年游客前来探访。他们在这里不仅领略了中国的自然风光，更通过亲身体验，感受到了中国社会的快速发展和人民生活的巨大变化。

教育领域的交流合作更是成果丰硕。留学生互派项目的实施，为邻国青年提供了到中国高校深造的机会。他们在这里不仅学习到了专业知识，更通过与中国学生的日常交往，深入了解了中国的教育体制、社会文化和价值观念。这种跨文化的交流经历，不仅拓宽了他们的国际视野，也让他们学会了如何以更加开放和包容的心态去理解和尊重不同的文化。同时，中国也积极鼓励本国学生到邻国留学，通过双向的留学交流，促进了双方青年之间的深入了解和友谊。

从古老的胡同到繁华的都市，从壮丽的山河到丰富的美食，这些独特的体验让邻国青年对中国有了更加全面和深入的了解。他们开始认识到，中国不仅仅是一个拥有悠久历史和灿烂文化的国家，更是一个充满活力和创新精神的现代化国家。

（三）文学影视作品

中国的影视作品、网络文学等文化产品也走出国门，成为了邻国人民了解中国的新窗口。

古装剧以其华丽的服饰、精致的布景和深厚的文化底蕴，让外国观众领略到了中国传统文化的魅力；而现代剧则通过贴近生活的题材和真实的情感描绘，让外国观众更加直观地感受到了中国社会的快速发展和人民生活的丰富多彩。这些作品以其独特的视角、精彩的情节和深刻的文化内涵，吸引了大量外国观众的关注和喜爱。通过它们，邻国人民得以更加直观地了解中国的社会现实、人民生活和文化传统，从而进一步加深了对中国的认知和好感。

网络文学作为新兴的文化形式，同样在国际上展现出了强大的影响力。网络文学中的奇幻、仙侠、都市等题材，不仅满足了外国读者对于新奇故事和独特文化的追求，更通过作品中的价值观和情感共鸣，促进了不同文化之间的理解和尊重。这些作品通过网络平台传播至世界各地，让外国读者能够跨越时空的限制，与中国作家进行心灵的对话。

人文交流活动的广泛开展，不仅促进了中国与邻国人民之间的了解和友谊，更为构建长期稳定的国际邻邦关系奠定了坚实的民意基础。它们让我们意识到，只有通过真诚的交流和深入的理解，才能打破隔阂、增进互信、深化合作，共同推动世界的和平与发展。

只有通过真诚的交流和深入的理解，才能打破隔阂、增进互信、深化合作，共同推动世界的和平与发展。

五、绿色发展，共享未来——生态文明的实践

面对全球气候变化的严峻挑战，中国作为负责任的大国，不仅在国内积极践行绿色发展理念，还致力于与邻国携手合作，共同应对环境危机，展现了其深远的国际视野和坚定的责任担当。

中国对碳达峰、碳中和目标的庄严承诺，不仅是对自身发展的严格要求，更是对全球环境治理的积极贡献。为实现这一目标，中国正以前所未有的决心和力度推进能源结构的优化升级，大力发展风能、太阳能等清洁能源，减少对化石能源的依赖，不断强化生态环境保护措施，加强污染治理和生态修复力度，努力建设天蓝、地绿、水清的美丽中国。

在推动自身绿色发展的同时，中国还积极推动与邻国在生态环保领域的合作，共同开展污染治理、生态修复等项目。通过构建合作平台、加强技术交流、经验分享和必要的资金支持等方式，帮助邻国提升环保能力，共同守护好地球家园。

中国与邻国在生态环保领域的合作，不仅体现了双方对绿色发展理念的共同追求和认可，也为构建更加绿色、可持续的国际邻邦关系注入了新的动力。通过加强合作与交流，各国可以更加深入地了解彼此在环保方面的需求和挑战，从而制定出更加符合

实际、更加有效的合作方案。这种基于共同利益和相互尊重的合作模式，将为推动全球环境治理、实现可持续发展目标作出积极贡献。

建设好家国

第三编

根植深厚国土与中华文化的爱国情怀

自古以来，中华民族秉持“天下一家”愿景，家国情怀深植于心，推动国家与民族发展。我们回望历史，探索“天下一家”意识的起源与传承，呼吁新时代要不忘本来、勇于创新，共践家国使命，助力民族复兴。同时，聚焦“孝的文化”，作为家庭伦理与国家治理的基石，它倡导尊老爱幼、为国尽忠，并追求经邦济世、建功立业的更高境界。爱国主义作为文化之根，激发国家前进动力，涵盖爱家园、敬历史、崇圣贤及追求世界和平的愿景。这三方面共同展现了中华民族的精神风貌，引领我们在新时代砥砺前行。

第一节 自古以来生生不息的『天下一家』国家意识

生生不息的“天下一家”国家意识不仅是历史传承的瑰宝，也是推动社会进步与国家发展的不竭动力。这种意识体现了家国一体、家国共兴的深刻道理，激励着每一代中华儿女践行家国使命，为国家的繁荣富强贡献自己的力量。在这一过程中，“不忘本来”是基础。我们铭记历史，珍视传统文化，从中汲取智慧与力量，确保国家的发展之路始终有着坚实的文化根基。同时，我们也通过传承和弘扬优秀传统文化，增强民族自豪感和凝聚力，为国家的长远发展提供强大的精神支撑。“继往开来”则是关键。在继承历史遗产的基础上，我们勇于创新，积极探索适合自身国情的发展道路。通过不断深化改革，扩大开放，我们推动经济社会持续健康发展，为实现中华民族伟大复兴的中国梦奠定坚实基础。“面向未来”则要求我们具备前瞻性的视野和战略性的思维。在全球化的背景下，我们积极参与国际交流与合作，推动构建人类命运共同体，为世界和平与发展贡献中国智慧和中国方案。同时，我们也致力于解决国内面临的各种挑战和问题，不断提升国家的综合国力和国际竞争力，为子孙后代创造一个更加美好的未来。

一、不忘本来

（一）“天下一家”国家意识的悠久历史与文化背景

“天下一家”国家意识的悠久历史与文化背景可以追溯到中国古代的多个时期，这一理念不仅是中国传统政治思想的重要组成部分，也是中华民族精神的核心之一。

“天下一家”的思想在先秦时期已初见端倪。西周时期，周人创造的天下国家观念，促使中华文化具有普遍性和开放性。尽管这一时期的“天下”观念并不必然意味着天下一统，但它开启了中华传统思想中“大一统”、天下国家的理念。西周中期的遂

西周 遂公盨

公盨铭文中已出现“天下”一词，并描述了上天设立人王为下民生王，作民之父母的理想国家形态，体现了周人对于天下和顺、民众安和的愿景。秦始皇统一六国，实现了中国历史上的第一次大一统，虽然秦朝短暂，但天下一统的思想已深入人心，成为后世追求的政治目标。汉朝时期，汉武帝推行“罢黜百家，独尊儒术”，儒家思想成为官方意识形态，其中“家国同构”的思想进一步强化了“天下一家”的国家意识。中国历史上多次出现民族融合和文化交流的高潮，如汉唐时期的丝绸之路、元明清时期的民族大迁徙等，这些历史事件促进了不同民族和文化之间的交流与融合，进一步丰富了“天下一家”的文化内涵。

从秦汉时期的中央集权制到唐宋时期的科举制度，再到元明清时期的行省制度等，中国历史上的政治制度不断演变和完善，但这些制度都体现了“天下一家”的国家意识。无论是选拔官员、管理地方还是处理民族关系，都强调全国范围内的统一和协调。

中国古代文学艺术作品中也不乏“天下一家”的表现。如《诗经》中的“溥天之下”、《礼记》中的“天下为公”等，都体现了古人对于天下和顺、万邦协和的向往和追求。同时，古代文人墨客也常通过诗词歌赋等形式表达对国家的热爱和对家国的深情厚谊。

“天下一家”国家意识的悠久历史与文化背景深厚而丰富，它不仅是中华民族精神的核心之一，也是推动中国历史不断向前发展的重要动力。

“天下一家”国家意识的悠久历史与文化背景深厚而丰富，它不仅是中华民族精神的核心之一，也是推动中国历史不断向前发展的重要动力。

（二）“家国同构”思想起源

梁漱溟在《中国文化要义》中，通过深入分析中国文化的独特性和精神内核，间接体现了家国使命的主题。他强调中国文化的“伦理本位”和“理性精神”，认为这种文化特质影响了中国人的行为准则和社会秩序。书中提到的“家国同构”思想，即体现了中国人对家国责任的深刻认同。梁漱溟指出，中国文化中的这种伦理观念，促使个体在追求个人价值的同时，也肩负着对家庭、国家和社会的责任。

“家国同构”自古有之，是指家庭、家族和国家在组织结构方面具有共同性，均以“血缘—宗法”关系来统领。“家国同构”

思想是中国传统文化中的一个重要观念，其起源可以追溯到古代儒家思想及其实践中。

“家国同构”思想的起源，可以追溯到汉代“罢黜百家，独尊儒术”之后，儒家文化逐渐成为社会主流。在这一时期，儒家文化所倡导的“天人感应”“三从四德”以及“修身、齐家、治国、平天下”的个人理想等观念逐渐深入人心，形成了“家国同构”的社会渊源。这种思想认为，家庭是国家的缩影，国家是家庭的放大，二者在组织结构、价值观念和行为规范等方面具有高度的相似性。

家庭是国家的缩影，国家是家庭的放大，二者在组织结构、价值观念和行为规范等方面具有高度的相似性。

“家国同构”思想在中国历史上产生了深远的影响。它不仅是儒家文化赖以存在的社会渊源，也是中国古代社会政治、经济和文化发展的重要支撑。在农业社会衍生出的这种“家国同构”的政治文化、管理文化，虽然有些思想已经不符合当今时代内涵，但仍然具有一定的生命力。在强化国家认同方面，“家国同构”思想有助于增强人们的国家认同感和归属感。通过将家庭与国家的命运紧密相连，使人们更加关注国家的兴衰和发展，从而积极参与国家建设和社会治理。在促进社会稳定方面，“家国同构”思想强调家庭伦理和社会道德的重要性，有助于维护社会稳定和和谐。通过弘扬传统美德和道德规范，可以引导人们树立正确的价值观和道德观，减少社会矛盾和冲突。在推动文化传承方面，“家国同构”思想是中国传统文化的重要组成部分，具有深厚的历史底蕴和文化内涵。通过传承和弘扬这一思想，可以推动中华优秀传统文化的创造性转化和创新性发展，为当代社会提供有益的思想资源和精神支撑。

（三）文化艺术中的家国情怀

在传统节日、诗词歌赋、书画艺术等文化载体中，家国情怀作为一种深厚的文化情感和精神追求，得到了广泛的体现和传承。

传统节日是中华民族文化的重要组成部分，每个节日都蕴含着丰富的家国情怀。春节，作为中华民族最重要的传统节日之一，其庆祝活动涵盖了家庭团聚、祭祖、拜年等多个方面。这些活动不仅体现了人们对家庭的重视和对亲情的珍视，也反映了人们对国家繁荣昌盛的祈愿和对社会和谐的追求。中秋节，作为团圆和思乡的象征，体现了人们对家的深深眷恋和对国家的情感认同。节日期间，人们通过赏月、吃月饼、团圆宴等活动，表达对家人的思念和对国家安宁的祝愿。同时，文人墨客也会借中秋之月抒发对国家的忧虑和爱国情怀，如杜甫的《月夜忆舍弟》等诗词作品。端午节，源于对爱国诗人屈原的纪念，其赛龙舟、吃粽子等习俗不仅是对传统文化的传承，更是对屈原忠贞爱国精神的颂扬。在这个节日里，人们通过参与各种庆祝活动，表达对国家的热爱和对民族精神的传承。

诗词歌赋作为中华民族文化的瑰宝，蕴含着丰富的家国情怀。岳飞《满江红·写怀》："三十功名尘与土，八千里路云和月。"这首词表达了岳飞对国家命运的深切关怀和对民族复兴的坚定信念。文天祥《过零丁洋》："人生自古谁无死？留取丹心照汗青。"这句诗体现了文天祥面对国家危亡时的忠贞不屈和舍生取义的爱国情怀。杜甫《春望》："国破山河在，城春草木深。"这首诗通过描绘战乱后的凄凉景象，表达了杜甫对国家命运的忧虑和对人民疾苦的同情。

书画艺术作为中华民族文化的重要表现形式之一，也蕴含着深厚的家国情怀。山水画，通过描绘祖国的大好河山和自然风光，展现了中华民族对自然的热爱和对国家的自豪。画家们以笔墨抒发情感，表达对国家的深情厚谊和对民族精神的传承。花鸟画，不仅追求自然之美和艺术之美，更蕴含着丰富的文化内涵和家国情怀。画家们通过描绘花鸟鱼虫等自然元素，表达对生命的热爱和对国家的祝福。例如，于希宁先生的花鸟画作品就常常以家国情怀为主题，通过画作传递出对国家和民族的深情厚谊。书法作品，作为中华民族文化的重要组成部分，也蕴含着丰富的家国情怀。书法家们通过笔墨的挥洒和字体的变化，表达对国家的热爱和对民族精神的传承。他们的作品不仅具有艺术价值，更具有重要的历史和文化意义。

传统节日、诗词歌赋、书画艺术等文化载体中蕴含着丰富的家国情怀。这些文化载体通过不同的形式和表达方式，展现了中华民族对国家的热爱和对民族精神的传承。在今天这个快速变化的时代里，我们更应该珍视和传承这些宝贵的文化遗产，让它们在新时代焕发出更加绚丽的光彩。

二、继往开来

（一）新时代家国情怀的内涵拓展

在当前全球化背景下，世界各国的经济、政治、文化等领域紧密相连，形成了一个复杂多变的国际环境。与此同时，国内也面临着诸多发展任务与挑战，如经济转型、社会改革、环境保护等。在这样的时代背景下，重申“天下一家”的国家意识显得尤为重要，它不仅是对中华优秀传统文化的传承与发扬，更是对当前国际国内形势深刻洞察后的必然选择。新时代背景下，家国情怀不再局限于个人对家庭和国家的情感依恋与责任担当，而是扩展到了全球视野下对国家的责任与贡献。

“天下一家”的理念强调各国之间的平等、互信与合作，倡导以和平方式解决国际争端和冲突。

“天下一家”的理念强调各国之间的平等、互信与合作，倡导以和平方式解决国际争端和冲突。在全球化进程中，国家间的利益交织更加紧密，任何一国的动荡都可能波及全球。因此，坚持“天下一家”的国家意识，有助于增进各国之间的相互理解和尊重，减少误解和偏见，降低冲突的风险。同时，这一理念还鼓励各国共同应对全球性挑战，如气候变化、恐怖主义、公共卫生危机等，通过国际合作实现共赢，共同维护世界和平与稳定。

在国内层面，“天下一家”的国家意识激励着全体人民团结一心，共同致力于国家的发展与进步。它要求政府、企业和民众之间形成合力，以国家利益为重，共同应对经济下行压力、推动产业升级、加强科技创新等。这种国家意识还促使政府更加关注民生福祉，努力缩小贫富差距，促进社会公平正义，为国家的长期稳定发展奠定坚实的社会基础。通过积极参与全球产业链、供应链、价值链的构建，中国可以充分利用国内国际两个市场、两种资源，推动经济高质量发展，实现国家繁荣富强。

在实现中华民族伟大复兴过程中，“天下一家”的国家意识具有重要的指导意义。它要求我们在追求自身发展的同时，也要关注世界其他国家的命运和发展，积极参与全球治理体系改革和建设，为世界和平与发展贡献中国智慧和力量。这种开放包容、合作共赢的姿态有助于提升中国的国际地位和影响力，为中国赢得更多的发展机遇和空间。同时，“天下一家”的理念还强调了文化的多样性和包容性，鼓励我们在传承和弘扬中华优秀传统文化的同时，积极吸收借鉴世界优秀文明成果，推动中华文化的创造性转化和创新性发展，为实现民族复兴提供强大的精神动力和文化支撑。

（二）中国的成就与经验

中国在践行“天下一家”国家意识、推动家国共兴方面取得了显著的成就与经验。这一理念不仅体现了中华民族的传统美德，也反映了中国在全球化背景下对构建人类命运共同体的深刻理解和积极贡献。

党的十八大以来，中国共产党领导人民全面建成小康社会，历史性地解决了绝对贫困问题。通过精准扶贫、精准脱贫等举措，民族地区和深度贫困地区的人民生活水平显著提升，全国各族人民共同迈向全面小康，为实现共同富裕奠定了坚实基础。中国政府高度重视民族团结工作，采取了一系列措施促进各民族间的交流、交往、交融。通过深化民族团结教育、依法治理民族事务、构筑各民族共有精神家园等举措，各民族关系更加和谐，中华民族共同体意识不断增强，为国家的长治久安和繁荣发展提供了有力保障。

习近平总书记提出的构建人类命运共同体理念，得到了国际社会的广泛认同和支持。中国积极参与全球治理体系改革和建设，推动建设开放型世界经济，倡导共商共建共享的全球治理观，为国际社会提供了解决全球性问题的“中国方案”。中国始终尊重不同文明的多样性和差异性，积极推动不同文明之间的交流互鉴。通过举办大型国际文化活动、加强国际文化交流合作等方式，促进了中外文化的相互理解和尊重，为构建多彩、平等、包容的文明交流格局作出了积极贡献。

中国在国际舞台上所展现出的责任感与担当，正是得益于中国共产党坚强有力的领导。正是在党的引领下，中国能够提出并践行构建人类命运共同体的宏伟愿景，积极参与全球治理，为全球性问题贡献中国智慧与中国方案。这一系列成就与努力，不仅彰显了中国作为负责任大国的形象，也进一步证明了中国共产党领导在推动家国共兴、促进世界和平与发展中的核心作用，也为世界各国的共同发展提供了重要借鉴。

（三）国家发展与个人成长

国家繁荣与个人幸福之间存在着密不可分的相互作用关系，这种关系构成了社会进步和发展的基石。

国家繁荣为个人幸福提供了坚实的基础。一个繁荣的国家往往拥有稳定的社会环境、完善的公共服务体系、健全的法律制度和丰富的文化资源。这些条件为个人的成长和发展提供了良好的外部环境，使得个人能够更加安心地追求自己的幸福。例如，经济繁荣意味着就业机会的增多和收入水平的提高，这直接提升了人们的生活质量和幸福感；而政治稳定则保障了公民的基本权利和自由，为个人追求幸福提供了必要的保障。

个人幸福的实现也是国家繁荣的重要推动力。个人的努力和创造力是推动社会进步和经济发展的重要力量。当个人在追求幸福的过程中不断发挥自己的才能和潜力时，他们不仅为自己创造了更好的生活条件，也为国家的发展贡献了自己的智慧和力量。这种良性循环使得国家繁荣与个人幸福相互促进、共同发展。

国家的繁荣需要每一个公民的共同努力和贡献，而个人的幸福也离不开国家的支持和保障。

国家繁荣与个人幸福之间还存在着一种相互依存的关系。国家的繁荣需要每一个公民的共同努力和贡献，而个人的幸福也离不开国家的支持和保障。因此，国家应该通过制定有利于民生的政策、加强社会保障体系建设、推动教育公平等方式来促进个人幸福的实现；同时，个人也应该积极参与社会公益事业、遵守法律法规、维护社会稳定等，为国家的繁荣贡献自己的力量。

在国家发展的宏伟进程中，每个人都扮演着不可或缺的角色，并承担着相应的责任。这种角色与责任的强调，是构建和谐社会、推动国家持续繁荣的关键所在。

2024年8月，荣誉的曙光再次照耀在浏阳市退役军人何继荣的身上，他荣获了“全国模范退役军人”的崇高称号，这是对他个人不懈奋斗与无私奉献的最高肯定。早在2009年，他便以“全国优秀复员退伍军人”的身份，在人民大会堂接受了国家领导人的亲切接见，那一刻的荣耀，至今仍是他前行路上的明灯。

在何继荣的办公室里，一张珍贵的照片静静悬挂，那是他与国家领导人握手的瞬间，记录了他为国家建设贡献力量的光辉时刻。每当凝视这张照片，他的心中便涌起对牺牲战友的深切怀念与对生命价值的深刻思考：“活着，是为了更好地奋斗，将个人的力量融入国家的发展大局之中。”

从硝烟弥漫的战场到繁花似锦的烟花世界，何继荣完成了从战士到企业家的华丽转身。1960年出生于浏阳的他，1978年应征入伍，随即奔赴对越自卫反击战前线，经历了生死考验，立下了赫赫战功。尤其是那次大腿中弹仍坚持完成任务的壮举，不仅让他荣立二等功，更铸就了他坚韧不拔、勇于担当的军人本色。

1982年，带着战场的洗礼与伤残的身体，何继荣回到了家乡浏阳，但他没有选择安逸，而是主动请缨，投身到条件艰苦的花炮厂工作。这不仅仅是对战友遗愿的坚守，更是他内心深处对家乡、对国家深沉的爱。他深知，无论身在何处，都要以军人的标准严格要求自己，为国家的建设添砖加瓦。

在烟花产业的道路上，何继荣凭借军人的坚韧与智慧，不断突破技术瓶颈，推动浏阳烟花走向世界舞台。他主导研发的礼花弹成功出口西班牙，开了浏阳花炮出口的先河；他创办的湖南省庆典烟花制造燃放有限公司，更是成为了行业的标杆，其设计的“焰火国旗”“青年毛泽东”等作品，不仅赢得了国内外的高度赞誉，更创造了多项吉尼斯世界纪录。

然而，何继荣的追求远不止于此。他深知人才是行业发展的根本，因此，他积极创办浏阳烟火工匠学院和职业教育集团，致力于培养烟花产业的专业人才和乡村振兴的各类技术人才。同时，他还特别关注退役军人的就业问题，通过技术培训和推荐就业等方式，帮助他们实现了从军营到社会的顺利过渡。在公益事业上，何继荣同样不遗余力。他设立了多个社会公益基金，用于支持教育、扶贫、助困等公益事业；他每年还拿出数十万元慰问困难群众、修缮学校、奖励资助学生。他的善举如同璀璨的烟花，照亮了无数需要帮助的人的心灵。

何继荣以他的实际行动诠释了“退役不褪色”的军人本色和“情系家国”的赤子情怀。他用自己的汗水和智慧书写了个人投身国家建设的壮丽篇章。

每个人都是社会发展的建设者。无论是身处哪个行业、哪个岗位，每个人的工作都是社会发展链条中不可或缺的一环。通过勤勉工作、不断创新，每个人都在为经济增长、科技进步、文化传承等方面贡献着自己的力量。因此，每个人都应该珍视自己的岗位，努力提升自己的专业素养和综合能力，以更加饱满的热情和更加扎实的工作态度投入到国家建设中。同时，我们还应该积极传播正能量、弘扬社会主义核心价值观，为营造风清气正的社会环境贡献自己的智慧和力量。

三、面向未来

（一）“天下一家”理念的全球视野

“天下一家”意味着全球人类都是一家人，强调超越种族、国界、宗教、文化等差异，共同追求和谐、繁荣与幸福。

“天下一家”理念具有深远的全球视野，它不仅仅是一种思想或口号，更是对人类共同未来的美好憧憬和实际行动的指南。“天下一家”意味着全球人类都是一家人，强调超越种族、国界、宗教、文化等差异，共同追求和谐、繁荣与幸福。这一理念体现了人类团结和共同发展的愿景，倡导无论人们来自哪里，拥有怎样的身份、背景和文化，都应该彼此尊重、相互关爱、携手共进。

中国人的性格里面就含有这种“天下一家”的基因。辜鸿铭在其著作《中国人的精神》中，对中国人的精神世界进行了全面而深刻的剖析。他特别强调了中国人的“温良”。这里的“温良”并非简单的温和与善良，而是一种融合了谦逊、包容与坚韧的品格。这种“温良”不仅使中国人在人际交往中赢得了尊重与信任，更在国家层面上体现为一种对和平与和谐的追求，以及对不同文化和观点的包容与接纳。他还谈到了中国人的“同情心”。同情心是人类共有的美德，但在中国人这里，它被赋予了更为广泛和深远的内涵。中国人不仅对自己的亲人和朋友充满同情与关爱，更将这种情感扩展到整个社会。在面对自然灾害、社会不公或他人身处困境时，中国人总是能够迅速伸出援手，用实际行动诠释着“一方有难，八方支援”的深刻内涵。这种同情心，是中国人精神世界中最为温暖和动人的部分，它让中国社会充满了爱与希望。

“天下一家”理念具有深远的全球视野和广泛的社会意义。它不仅与根植在中国人性格里的“温良”“同情心”特质一脉相承，是中华优秀传统文化的传承和发展，也是全球人类共同追求的美好愿景和行动指南。在未来的日子里，我们应该继续秉持这一理念，加强国际合作与交流，共同推动构建人类命运共同体的进程。

在实践中，“天下一家”的理念体现在各种国际交流与合作中。跨国救援、文化交流、教育合作等活动都是这一理念的具体体现。通过这些活动，不同国家和地区的人民增进了解、加深友谊，共同为构建人类命运共同体而努力。习近平总书记将“天下一家”的思想创造性转化、创新性发展为“人类命运共同体”的理念。这一理念强调各国相互联系、相互依存的程度空前加深，人类生活在同一个地球村里，应该共同面对挑战、分享发展机遇。

中国积极倡导并推动构建人类命运共同体，在这一理念的指导下，中国强调每个民族、每个国家的前途命运都应该紧紧联系在一起，风雨同舟、荣辱与共。中国积极推动国际社会形成共建美好世界的最大公约数，倡导不同社会制度、不同意识形态、不同历史文化、不同发展水平的国家在国际事务中利益共生、权利共享、责任共担。

中国在国际事务中践行推动构建人类命运共同体的理念，主要体现在以下几个方面：

首先，中国坚定奉行独立自主的和平外交政策。中国始终尊重各国的主权和领土完整，坚持不干涉别国内政原则，以和平方式解决国际争端。这种立场和态度为构建人类命运共同体奠定了坚实的基础。

其次，中国积极推动国际合作与全球治理体系的完善。中国倡导并积极参与多边主义和全球合作，致力于建设一个更加公正合理的国际秩序。通过加强国际合作，共同应对全球性挑战，如气候变化、恐怖主义等，体现了中国对构建人类命运共同体的积极贡献。

此外，中国还通过“一带一路”倡议等实际行动，促进共建国家的经济发展与合作。这不仅有助于提升相关国家的人民生活水平，也为构建人类命运共同体提供了具体的实践路径。

（二）家国情怀与全球责任的融合

在全球化浪潮的激荡下，家国情怀这一深植于民族血脉中的情感，正被赋予新的时代内涵与使命。它不仅是个人对故土深情的寄托，更是推动国家发展、促进世界和谐的重要力量。因此，如何将这份深厚的家国情怀拓展至全球层面，以更加开放包容的心态参与全球治理，显得尤为迫切与重要。

家国情怀，是责任与担当的集中体现。它促使我们在爱家爱国的同时，也要将这份情感升华为对全人类命运的深切关怀。在全球化的今天，各国利益紧密相连，任何一国的兴衰都将波及全球。因此，我们需要将家国情怀拓展至全球层面，以更加宽广的胸怀去理解、尊重并融入世界多元文化，共同构建人类命运共同体。

在全球治理的舞台上，开放包容的心态是不可或缺的。它要求我们以平等、尊重、合作的态度，与各国携手应对全球性挑战。在维护国家利益的同时，我们更应关注全球共同面临的挑战，如气候变化、疫情防控等。这些挑战不分国界，任何一国的单打独斗都难以奏效。唯有通过国际合作，才能找到解决问题的有效途径。同时，家国情怀也为全球责任的实现提供了强大的精神动力与行动指南。它激励着我们以更加开放包容的心态，尊重文化差异，促进文明交流互鉴；以更加务实的态度，加强国际合作，共同应对全球性挑战。在家国情怀的照耀下，我们携手并肩，不仅为子孙后代守护好这片蓝天绿地，更为构建一个更加和谐、繁荣、可持续的世界贡献力量。

（三）新时代青年的角色与责任

新时代青年在个人发展与国家需求之间找到平衡点，是一个既具有挑战性又充满机遇的过程。

新时代青年在个人发展与国家需求之间找到平衡点，是一个既具有挑战性又充满机遇的过程。

树立远大理想与国家情怀。新时代青年应树立与国家发展同频共振的远大理想，将个人梦想融入国家发展大局之中。通过深入了解国家的发展战略、政策导向和社会需求，明确自己的定位和方向，使个人发展成为推动国家进步的重要力量。深化理论学习，增强家国情怀。学习党的理论和政策：深入学习习近平新时代中国特色社会主义思想，理解国家的发展战略和政策导向，增强对国家的认同感和归属感。

增强社会责任感与担当精神。青年是国家的未来和民族的希望，应承担起相应的社会责任。在追求个人发展的同时，要关注社会热点问题，积极参与志愿服务、公益活动等，如社区服务、环保行动、扶贫帮困等，用实际行动践行社会主义核心价值观，传递正能量。

提升综合素质与创新能力。面对快速变化的时代环境，新时代青年需要不断提升自己的综合素质和创新能力。这包括学习新知识、掌握新技能、培养创新思维和跨界融合能力等。通过不断提升自己，使自己具备更强的竞争力和适应能力，为国家和社会的发展贡献更多的智慧和力量。

注重实践与积累经验。理论与实践相结合是青年成长的重要途径。新时代青年应注重实践锻炼，积极参与实习、社会实践、创新创业等活动，将所学知识转化为实际能力。通过实践积累经验，不断调整和完善自己的职业规划和发展路径，使个人发展更加贴近国家和社会的实际需求。

保持开放心态与全球视野。在全球化的今天，新时代青年应具备开放的心态和全球视野。一方面，要通过学习和传承中华优秀传统文化，弘扬民族精神，增强文化自信，培养家国情怀。另一方面，要关注国际形势变化和国际交流合作动态，积极参与国际交流和合作活动，拓展国际视野和人际网络。积极参与文化交流活动，如国际文化节、艺术展览等，了解不同文化，增进国际友谊，展现中国青年的良好形象。

寻找个人兴趣与国家需求的结合点。在个人发展与国家需求之间找到平衡点的过程中，新时代青年可以尝试寻找自己兴趣与国家需求的结合点。通过深入了解自己的兴趣爱好和特长优势，结合国家发展的重点领域和行业需求，选择适合自己的职业方向和发展路径。不断学习新知识、新技能，提升专业素养和综合能力，为更好地服务国家和社会打下坚实的基础。

新时代背景下践行家国使命的具体路径多种多样，需要每个人根据自身实际情况和国家需求来选择和实践。通过不断学习、努力工作和积极贡献社会，我们可以为实现中华民族伟大复兴的中国梦贡献自己的力量。

第二节 家国传统文化的核心是『孝的文化』

在家国传统文化的核心中，“孝的文化”占据了极其重要的地位。在中国悠久的历史长河中，“孝”不仅是一种家庭伦理观念，更是一种社会道德准则，深深植根于中华民族的文化基因之中。“孝”被视为一种美德，是人际关系中最基本、最重要的道德准则之一。它不仅关乎家庭伦理，还深刻影响着社会和谐与国家治理。同时，“孝的文

“孝”不仅是一种家庭伦理观念，更是一种社会道德准则，深深植根于中华民族的文化基因之中。

化”还强调“孝”与“忠”的相互关联。“在家尽孝”被视为培养忠诚品质的重要途径，因为一个人如果能够在家中孝敬父母，就更容易在社会中忠诚于国家、民族和集体，做到“为国尽忠”，这种忠诚精神是维系社会稳定、促进国家发展的重要力量。

一、在家尽孝

“在家尽孝”是中华传统文化中极为重要的一部分，也是“孝的文化”在家庭生活中的具体体现。它要求子女对父母怀有深厚的敬爱与感激之情，并在日常生活中通过实际行动来体现这种情感，这一观念深深植根于中国人的心中，成为衡量一个人道德品质和家庭责任感的重要标准。通过“在家尽孝”，子女不仅能够增进与父母的情感联系，还能够培养自己的责任感和道德观念，为未来的社会生活打下坚实的基础。

（一）“孝”在中华传统文化中的核心地位

“孝”在中华传统文化中占据着核心地位，这一观念深刻影响了中国社会的伦理道德、家庭关系乃至国家治理的方方面面。

“孝”作为儒家思想的基本精神，是中华传统文化中伦理道德的基础。它不仅是家庭伦理的核心，也是天下伦理的重要组成部分。在儒家看来，“孝”是道德之本，是修身、齐家、治国、平天下的基石。有子曾说：“君子务本，本立而道生，孝弟也者，其为仁之本与！”（《论语·学而》）这句话强调了“孝”在培养个人品德、实现仁爱之道中的基础性作用。

在传统社会中，“孝”是维系家庭关系的重要纽带。它要求子女尊敬、关爱、赡养父母，这种亲情关系被视为家庭和谐、社会稳定的基础。在《二十四孝》等经典文献中，记载了许多孝子的感人事迹，如《亲尝汤药》中写的“西汉文帝，名恒，高祖第三子，初封代王。生母薄太后，帝奉养无怠，母尝病三年，帝目不交睫，衣不解带，汤药非口亲尝弗进，仁孝闻于天下”。这些故事不仅弘扬了孝道精神，也引导了后人如何以孝为先，处理家庭关系。

“孝”还被视为社会治理的重要依托。在古代，往往将“孝”作为选拔官员、教化民众的重要标准。周代提出的“三德”（至德、敏德、孝德）和“三行”（孝行、友行、顺行），就将“孝”作为人的基本品德之一。同时，还通过举办“乡饮酒礼”等活动，表彰孝行，弘扬孝道，以维护社会的和谐稳定。

“孝”作为中华传统文化的重要组成部分，承载着丰富的文化内涵和历史价值。它不仅体现了中华民族尊老爱幼、敬老爱幼的优良传统，也反映了中国人对于家庭、社会和国家的深厚情感。在今天的社会中，“孝”文化仍然具有重要的现实意义，它引导人们珍惜亲情、关爱家庭、报效社会、报效国家。

（二）“在家尽孝”作为传统美德的重要性

余美芳一家是江苏省常州市湖塘镇一个特殊家庭，全家6口人，却有着5个姓。自1978年起，余美芳的公公先后无偿赡养了5位无血缘关系的老人，并先后为3位外姓老人养老送终。2007年，余美芳成为这个家庭的一员，余美芳夫妇在公公爱心影响下，接过赡养老人的接力棒。老人年事已高，没有任何经济来源，还有的老人卧病在床，经常大小便失禁，老人们的吃、穿、住、用、行和医疗方面的费用都由余美芳夫妇承担。在生活上，他们对老人精心照料，在精神上给老人以最大的安慰。他们一家像对待自己的亲人一样孝敬、照顾外姓老人，父子两代人演绎着让人称道的敬老故事。

“在家尽孝”作为中华传统美德之一，其重要性体现在多个层面，不仅关乎个人品德的修养，也关乎家庭和谐、社会稳定乃至文化传承的深远意义。

“在家尽孝”是个人品德修养的基石。它要求子女以恭敬、关爱、尊重的态度对待父母，体现在日常生活的点点滴滴中，如嘘寒问暖、照顾起居、倾听心声等。这种对父母的孝心，能够培养出一个人的感恩之心、责任感和同情心，是形成健全人格和良好道德品质的重要基础。通过尽孝，个人能够学会如何关爱他人、尊重长辈，从而在社会上更好地与人相处，赢得他人的尊重和信任。

家庭是社会的基本单元，而“在家尽孝”则是维系家庭和谐稳定的关键因素。孝顺的子女能够营造出温馨、和睦的家庭氛围，使家庭成员之间的关系更加紧密和融洽。相反，如果子女不孝，家庭往往会陷入纷争和矛盾之中，导致家庭破裂、亲情疏远。因此，“在家尽孝”不仅是子女对父母的义务和责任，也是维护家庭和谐稳定的重要保障。

孝顺的子女能够营造出温馨、和睦的家庭氛围，使家庭成员之间的关系更加紧密和融洽。

“在家尽孝”还对社会稳定与发展具有重要意义。一个孝顺的社会成员，通常会更加珍惜家庭和亲情，更加愿意为社会作出贡献。他们懂得感恩和回报，会以自己的实际行动来传递正能量，影响和带动周围的人。这种积极向上的社会风气，能够激发人们的爱国热情和社会责任感，推动社会的和谐稳定和繁荣发展。

“在家尽孝”承载着丰富的文化内涵和历史价值。它体现了中华民族尊老爱幼、敬老爱幼的优良传统，是中华文化源远流长、博大精深的重要体现。通过传承和弘扬“在家尽孝”的传统美德，我们能够增强民族自信心和自豪感，推动中华文化的繁荣发展。同时，这种传统美德的传承也能够激发年轻一代对家庭、社会和国家的责任感和使命感，为中华民族的伟大复兴贡献力量。

（三）现代社会家庭结构的变化对“在家尽孝”的影响

现代社会中，家庭结构逐渐从传统的大家庭模式向核心家庭、单亲家庭、空巢家庭等多样化形式转变。这种变化带来了家庭规模的缩小、家庭关系的简化和家庭功能的分化。

赡养责任的转变。传统社会中，四世同堂、三世同堂的大家庭模式使得赡养老人的责任由多个子女共同承担。然而，在现代社会中，随着家庭规模的缩小，独生子女家庭增多，赡养老人的责任往往落在单个子女身上，增加了他们的经济和心理压力。同时，由于工作、生活等原因，子女与父母分居的情况也越来越普遍，这进一步削弱了子女对父母的日常照顾和陪伴能力。

敬老孝亲内容的淡化。家庭代际层次的简化和关系的简化，使得传统家庭中的敬老孝亲内容逐渐淡化。现代家庭更注重个人独立和自主，传统的家族观念和道德规范在一定程度上被削弱。敬老孝亲不仅仅体现在物质供养上，更体现在精神关怀和陪伴上。然而，在现代社会中，由于快节奏的生活方式和工作压力，子女往往难以抽出足够的时间陪伴父母，导致父母在精神上的孤独感增加。

尽孝方式的多样化。尽管家庭结构的变化对“在家尽孝”带来了挑战，但现代社会也为尽孝提供了更多的可能性。随着科技的发展，子女可以通过视频通话、网络购物等方式远程照顾和关心父母。同时，现代社会的养老服务体系也日益完善，为老年人提供了更多的生活照料和精神慰藉。子女可以通过选择适合的养老方式，如居家养老、社区养老、机构养老等，来更好地尽孝。

文化传承的挑战。家庭是文化传承的重要载体，然而，在现代社会中，随着家庭结构的变化和生活方式的改变，传统孝道文化的传承面临挑战。为了应对这一挑战，社会各界应加强对孝道文化的宣传，让年轻一代了解并认同孝道文化的价值。同时，家庭内部也应注重家风家教的建设，通过言传身教的方式将孝道文化代代相传。

在新时代背景下，“在家尽孝”应与时俱进，不断创新实践方式，以适应社会发展的需求。通过适应现代家庭结构的变化、融合现代生活方式、创新尽孝形式与内容、加强孝道教育与宣传以及关注老年人精神需求等措施，我们可以更好地传承和践行这一传统美德，为构建和谐社会贡献力量。

二、为国尽忠

“为国尽忠”的核心理念主要体现在对国家的忠诚与奉献上，它要求个人将国家的利益置于首位，为了国家的繁荣富强和民族的复兴，不惜牺牲个人的利益甚至生命。最好阐述“为国尽忠”理念的，当属我国著名的古代民族英雄岳飞。岳飞出身于一个普通农家，自幼便展现出过人的才智和武艺。他早年投军，凭借卓越的军事才能和坚定的爱国信念，迅速在军中崭露头角。在多次与金军的战斗中，岳飞屡建奇功，为南宋朝廷立下了汗马功劳。然而，岳飞最为人称道的，还是他那份精忠报国的赤子之心。他时刻将国家的利益放在首位，不顾个人安危和得失，誓死捍卫国家的尊严和领土完整。在他的带领下，南宋军队多次击退金军的进攻，保卫了中原地区的安宁和稳定。岳飞的事迹和精神，深深地感染了后世的人们。他那种为了国家和民族利益而不惜牺牲一切的精神，成为了中华民族宝贵的精神财富。这种精神体现了高度的责任感和使命感，是中华民族传统美德的重要组成部分。忠诚于国家，即始终坚守对国家的忠诚，无论在任何情况下都不背叛国家，始终维护国家的尊严和利益。勇于担当。在国家需要的时候，能够挺身而出，承担起自己的责任和义务，为国家的发展贡献自己的力量。无私奉献。为了国家的利益，不惜放弃个人的利益，甚至牺牲自己的生命，展现出无私奉献的精神。

（一）古代典籍中的忠孝观念

在《论语》与《孟子》等儒家经典中，关于忠诚与孝道的论述对个人品德与国家责任的塑造具有深远的影响。

《论语》中的忠诚观念不仅限于对君主的忠诚，更扩展到对国家、对事业的忠诚。孔子说：“天下有道，丘不与易也。”（《论语·微子》）这表达了他对国家政治清明的向往和为之努力的决心。忠诚于国家，意味着要为国家的繁荣稳定贡献自己的力量，这种精神激励了无数仁人志士为了国家的利益而奋斗。孔子通过自身的言行示范了忠诚于事业的重要性。他一生致力于教育事业，传播儒家思想，这种对事业的执着追求和无私奉献精神，为后人树立了榜样。

孟子提出了忠孝双全的理念，认为忠诚与孝道相辅相成。他认为，忠诚是对君主和国家忠心耿耿的表现，而孝道则是对父母衷心奉献的体现。这种忠孝互为表里的关系，使人们的道德修养更加完美。孟子认为，只有忠诚和孝道并存，才能成为真正的仁人，具备高尚的品德。

（二）“为国尽忠”在历史上的重要地位

“为国尽忠”精神在中国历史上一直占据着重要地位，是推动国家发展、维护民族尊严的重要力量。

塑造民族精神。“为国尽忠”精神是中华民族精神的重要组成部分，它塑造了中华民族坚韧不拔、自强不息的民族性格，激励着无数中华儿女为了国家的繁荣富强而努力奋斗。每一个中华儿女都将国家的利益置于首位，将个人的命运与国家的兴衰紧密相连。在国家的关键时刻，这种精神激发着中华儿女的爱国情怀和民族自豪感，将不同地域、不同民族、不同阶层的人们紧密地团结在一起，使他们挺身而出，为国家的独立、统一和富强贡献自己的力量。这种凝聚力和感召力是中华民族在复杂多变的国际环境中保持团结稳定、不断前进的重要保障。

推动历史进程。在中国历史上，许多仁人志士都秉持着“为国尽忠”的信念，为了国家的独立、统一和富强而英勇奋斗。他们的英勇事迹和崇高精神，不仅推动了历史的发展进程，也为我们留下了宝贵的精神财富。这些仁人志士中，有的是文臣武将，他们在战场上英勇杀敌，保家卫国，如岳飞精忠报国，率领岳家军屡建奇功，虽遭奸佞陷害仍矢志不渝；文天祥面对元军威逼利诱，宁死不屈，写下“人生自古谁无死，留取丹心照汗青”的千古绝唱，展现了忠贞不渝的民族气节。有的是思想家、改革家，他们以笔为剑，以理服人，为国家的繁荣富强献计献策，如商鞅变法图强，其改革精神激励了后世无数改革者；顾炎武提出“天下兴亡，匹夫有责”，强调了每个人对国家兴亡的责任与担当。他们用自己的行动诠释了“为国尽忠”的深刻内涵，即无论身处何种境遇，都要将国家的利益放在首位，为了国家的独立、统一和富强而不懈奋斗。

增强民族凝聚力。“为国尽忠”精神能够激发人们的爱国热情，增强民族凝聚力和向心力。在面临外敌入侵或国家危难之际，这种精神能够团结全国人民共同抵御外侮、保卫家园。英勇的战士陈祥榕，2020年6月在守边护边时壮烈牺牲，牺牲时不满19岁，是同时牺牲的几人中最年轻的一位。在中印边境冲突中陈祥榕表现出了坚定的忠诚和勇气，面对人数远远多于己方的外军，毫不畏惧，与战友们一起奋力反击，最终壮烈牺牲。他写下“清澈的爱，只为中国”这样的战斗口号，展现了他对祖国的深厚感情和无畏的牺牲精神。陈祥榕战士的事迹引发了人们对英雄和爱国情怀的思考，他的口号“清澈的爱，只为中国”正是“为国尽忠”精神的高度体现。

（三）“为国尽忠”精神在现代社会的意义

2024年巴黎奥运会上，中国体育健儿用实际行动诠释了“为国争光”“为国尽忠”的深刻内涵。他们不畏强手，不惧挑战，在赛场上奋力拼搏，用汗水和努力争夺每一枚奖牌。中国代表团在射击、游泳、举重项目上，打破世界纪录1项、创超奥运会纪录9项次，勇夺40枚金牌、27枚银牌、24枚铜牌。北京时间8月3日晚，巴黎奥运会网球女单决赛中，中国选手郑钦文以2比0战胜克罗地亚选手维基奇，创造中国运动员首次赢得奥运会网球单打项目金牌的历史。郑钦文的夺冠之路充满挑战，除了前两轮比赛赢得较为轻松，后面三轮比赛全是硬仗。她曾连续两天在酷热中进行了超过三小时的鏖战，并接连取得胜利。此外，她还在半决赛中击败了自己从未战胜过、当时排名世界第一的女单选手斯维亚特克。这是一枚创造历史的金牌，也是一枚充满艰辛的金牌。

这种顽强拼搏的精神，不仅是对自己极限的挑战，更是对国家和民族荣誉的捍卫。

“为国尽忠”精神在现代社会依然具有深远的意义，它不仅是中华民族精神的重要组成部分，更是推动社会进步、促进国家发展的重要力量。

强化国家认同与民族凝聚力。在全球化和多元化的今天，国家认同和民族凝聚力显得尤为重要，“为国尽忠”精神能够激发人们的爱国情怀，增强对国家的归属感和责任感，从而凝聚起全社会的力量，共同应对各种挑战和困难。

促进社会稳定与和谐。社会稳定与和谐是国家发展的基石，“为国尽忠”精神倡导忠诚、奉献和责任，这些价值观有助于培养公民的社会责任感和道德观念，减少社会矛盾和冲突，促进社会的和谐稳定。

推动国家发展与繁荣。国家的繁荣富强需要全体人民的共同努力。“为国尽忠”精神激励人们将个人的理想追求融入国家和民族的事业之中，积极投身到国家的发展建设中去。无论是科技创新、经济发展还是文化繁荣，都需要这种精神的支撑和推动。

培养公民的道德品质。“为国尽忠”精神不仅关乎国家大事，也关乎个人的道德品质，它要求人们具备忠诚、正直、勇敢、无私等优秀品质，这些品质是现代社会公民应具备的基本素质。通过弘扬“为国尽忠”精神，可以引导人们树立正确的价值观，提升整个社会的道德水平。

增强国际竞争力。在全球化背景下，国家之间的竞争日益激烈，“为国尽忠”精神能够激发人们的爱国热情和民族自豪感，促使人们更加努力地学习和工作，为国家的发展贡献自己的力量。这种精神力量能够转化为国家的软实力和硬实力，提升国家的国际竞争力和影响力。

随着全球化进程的加速和国际竞争的日益激烈，国家面临着前所未有的挑战和机遇。作为新时代的公民，我们应该更加深刻地认识到自己的责任和使命，积极投身到国家建设和发展的伟大事业中去，为实现中华民族的伟大复兴贡献自己的力量。

三、济世经邦

“济世经邦”由“济世”和“经邦”两个部分组成。其中，“济世”意指救济世人，关注社会民生，解决社会问题，体现了对人类社会福祉的深切关怀；“经邦”则指治理国家，运用智慧与策略，实现国家的繁荣与稳定，体现了对国家治理的责任感与使命感。将两者结合，“济世经邦”便是指通过有效的治理手段，解决社会问题，促进国家发展，造福人民大众的崇高事业。

在传统文化中，“济世经邦”是儒家思想所倡导的一种理想境界，它要求个人不仅要有高尚的道德情操，更要有实际行动去改善社会、治理国家。这种精神在历代文人墨客中得到了广泛的传承和发扬，他们通过诗词歌赋、文章著述等方式，表达了对国家和民族命运的深切关怀，以及对实现社会和谐、国家富强的美好愿望。明代屠隆的《彩毫记·知幾引退》中提到的“此行指望济世经邦，谁想竟成画饼”，正是这一精神的具体体现。这句话中的“画饼”一词，形象地描绘了主人公期望与现实之间的巨大落差，表达了他对于未能实现心中理想的遗憾和无奈。然而，正是这种遗憾和无奈，更加凸显了“济世经邦”这一理想的崇高和伟大。

（一）“济世经邦”是家国情怀的外在体现

家国情怀是一种深厚的情感与责任感，它促使个体或集体将国家的繁荣、民族的复兴视为己任。“济世经邦”则是这种情感与责任感在实际行动中的具体展现。无论是参与国家治理、推动社会进步，还是致力于经济发展、文化繁荣，都是个人或集体以实际行动践行家国情怀的体现。

"济世经邦"的目标往往与家国情怀所追求的理想状态紧密相连。比如，通过改革创新提升国家竞争力，通过教育普及提高国民素质，通过文化传承弘扬民族精神等，这些济世经邦的举措都是为了实现国家富强、民族振兴、人民幸福的共同目标，而这些目标正是家国情怀所深深期许的。

"济世经邦"的成效不仅体现在国家层面的发展进步上，更深刻地影响着每一个社会成员的生活质量和精神面貌。这种积极的社会影响正是家国情怀得以广泛传播和深化的重要基础，当国家繁荣昌盛、社会和谐稳定时，人们的家国情怀也会更加深厚和坚定。

（二）家国情怀是"济世经邦"的内在动力

家国情怀是一种强烈的情感纽带，它将个人与国家紧密地联系在一起。这种情感不仅激发了个体对国家的热爱和忠诚，更成为推动个体积极参与国家建设、贡献个人力量的内在动力。在家国情怀的驱动下，人们会更加关注国家的前途命运，更加积极地投身于"济世经邦"的伟大事业中。

家国情怀蕴含着丰富的价值观念和道德准则，这些价值观念和道德准则为"济世经邦"提供了明确的方向和指引。比如，爱国主义、集体主义、奉献精神等价值观念都是家国情怀的重要组成部分，它们引导着人们在济世经邦的过程中始终坚持正确的道路和方向。

在“济世经邦”的过程中，人们难免会遇到各种困难和挑战。此时，家国情怀便成为了一种强大的精神支撑力量。它激励着人们不畏艰难、勇往直前，为了国家的繁荣富强和民族的伟大复兴而努力奋斗。这种精神支撑不仅增强了人们的信心和勇气，更促进了“济世经邦”事业的持续发展。

在“济世经邦”的过程中，人们难免会遇到各种困难和挑战。此时，家国情怀便成为了一种强大的精神支撑力量。

（三）“济世经邦”的崇高追求

1. 担当社会责任，服务国家与人民

以实际行动推动社会进步。“济世经邦”的核心理念在于通过个人的努力和集体的协作，不断推动社会的正向发展。这要求个体或组织不仅要关注自身的利益，更要将社会责任放在首位，通过实际行动解决社会问题，促进公平正义，提升人民生活水平。

为国家发展贡献力量。在国家发展的征途中，每个个体都是不可或缺的力量。新时

代青年肩负着实现中华民族伟大复兴的中国梦，要积极地投身于国家建设，为国家的发展注入新的活力与动能。

为人民谋福祉。“济世经邦”的最终目标是实现人民的幸福和社会的和谐。这要求我们在追求发展的过程中，始终关注人民的需求和利益，努力解决人民群众最关心、最直接、最现实的利益问题，让发展的成果更多更公平地惠及全体人民。

2. 胸怀天下，关注全球事务

具备国际视野。在全球化日益深入的今天，必须具备宽广的国际视野。不仅要关注本国的发展状况，还要密切关注国际形势的变化，了解全球性的挑战与机遇，为应对复杂多变的国际环境做好充分准备。

积极参与国际交流与合作。国际交流与合作是推动全球发展的重要途径。应积极参与国际事务，加强与各国的沟通与联系，共同应对全球性挑战，推动建立更加公正合理的国际秩序。致力于推动本国文化与世界文化的交流与融合，增进各国人民之间的理解和友谊。

为构建人类命运共同体而努力。面对全球性问题和挑战，任何国家都无法独善其身，应秉持人类命运共同体的理念，推动各国在平等、尊重、互利共赢的基础上开展合作，共同应对气候变化、恐怖主义、贫困等全球性挑战，为构建一个持久和平、普遍安全、共同繁荣、开放包容、清洁美丽的世界贡献自己的力量。

四、建功立业

“建功立业”一词蕴含着个人奋斗与国家、社会进步之间的紧密联系。

建：建立、创设。

功：功勋、功绩，指对国家或社会作出的重大贡献。

立：树立、成就。

业：事业、基业，指个人或团体所从事的具有长远意义的工作或活动。

建功立业整体上指的是建立功勋和事业，即通过自己的努力和奋斗，在国家、社会或某个领域内取得显著的成就，为后人留下宝贵的财富和榜样。

建功立业这一成语的出处可以追溯到宋代文学家苏轼的《上两制书》。苏轼在文中写道：“古之圣贤建功立业、兴利捍患；至于百工小事之事皆有可观。”这句话高度概括了古代圣贤通过建功立业来造福社会、抵御灾难的崇高精神，同时也强调了无论大事小事，只要有益于国家和人民，都值得我们去追求和奋斗。

（一）建功立业于红色热土

中国共产党领导下的革命历程，是红色基因形成与发展的沃土。这一过程中，涌现出了众多具有鲜明时代特征和深刻内涵的红色精神，如井冈山精神、长征精神、延安精神等，它们共同构成了中国共产党人的精神谱系。井冈山是中国革命的摇篮，井冈山精神是中国共产党领导下的中国革命伟大实践的结晶。它包含着坚定信念、艰苦奋斗、实事求是、敢闯新路、依靠群众、勇于胜利的精神内涵。井冈山精神代表了一批英勇杰出的革命家，他们矢志不渝地追求民族独立和人民解放。

井冈山是中国革命的摇篮，井冈山精神是中国共产党领导下的中国革命伟大实践的结晶。

毛泽东同志是井冈山精神的创立者和实践者。在创建井冈山革命根据地的过程中，毛泽东同志率领秋收起义部队到达井冈山，开始了“工农武装割据”，开辟了第一个农

井冈山 星火相传雕塑

村革命根据地。他坚持实事求是、敢闯新路的精神，为中国的革命事业探索出了一条适合中国国情的道路——“农村包围城市、武装夺取政权”，积极开展土地革命，为革命事业奠定了坚实基础。朱德是中华人民共和国十大元帅之首，他亲自领导了南昌起义，朱德则在南昌起义失败后，与陈毅一起转战湘赣边界，最终抵达井冈山与毛泽东领导的革命队伍胜利会师，共同创建了红军。朱德在井冈山斗争时期，英勇善战，指挥若定，展现了共产党员坚定的革命信念和崇高的精神风貌。井冈山精神激励着一代又一代的共产党人不断前行，成为了中国革命和建设事业的重要精神财富。

红色精神，作为中国共产党人精神谱系的核心，它蕴含了坚定的理想信念、不屈不挠的斗争精神、为人民服务的宗旨意识以及勇于自我革命的品质，是新时代青年建功立业不可或缺的精神指引。它以其独特的魅力，在青年成长成才的道路上发挥着信念引领、动力源泉、方向指引和实践示范等多重作用。

红色精神中的坚定信念是青年建功立业的精神支柱。红色精神中蕴含的坚定信念，是无数革命先烈在艰苦卓绝的斗争中形成的宝贵财富。这种信念，是对共产主义事业的无限忠诚，是对人民利益的深切关怀。对于新时代青年而言，这种信念是他们建功立业的精神支柱。它激励着青年在面对困难和挑战时，能够保持坚定的立场和昂扬的斗志，不畏艰难、勇往直前。

红色精神中的艰苦奋斗、自强不息品质，是激励青年持续奋斗的不竭动力。这种品质，体现在革命先辈们不畏艰难、勇于牺牲的奋斗历程中，也体现在新时代青年在各自岗位上默默奉献、不懈努力的实践中。它告诉青年，只有经过艰苦的磨砺和不懈的努力，才能取得真正的成功。

红色文化中蕴含的爱国情怀和社会责任感，为新时代青年建功立业指明了方向。它引导青年将个人理想追求融入国家和人民的事业中去，以国家和人民的利益为重。这种情怀和责任感，让青年在选择职业、规划人生时，能够更加明确自己的目标和方向。同时，它也激励着青年在各自的岗位上积极作为、勇于担当，为实现中华民族伟大复兴的中国梦贡献自己的力量。

红色历史中的英雄人物和先进事迹为青年树立榜样，激励前行。红色历史中涌现出了一大批英雄人物和先进事迹，他们用自己的实际行动诠释了红色精神的深刻内涵，为新时代青年树立了光辉的榜样。他们的事迹激励着青年不断追求进步、勇攀高峰；他们的精神鼓舞着青年在困难和挑战面前不屈不挠、勇往直前。通过学习和传承这些英雄人物和先进事迹的精神品质，新时代青年能够更加坚定自己的信念和追求，为实现个人价值和社会进步贡献自己的力量。

（二）新时代青年勇当时代赋予的责任和使命

在新时代的浪潮中，中国正以前所未有的速度迈向民族复兴的伟大征程，这是一段光辉而充满挑战的历史进程。作为新时代的青年，我们站在了历史的交汇点上，既承载着前辈们艰苦奋斗、英勇牺牲所留下的红色基因，又肩负着在新时代建功立业、推动国家发展和社会进步的崇高使命与神圣担当。

继承红色基因。红色基因是我们党的精神内核，是革命先烈用鲜血和生命铸就的宝贵财富。它包含了坚定的理想信念、无私的奉献精神、顽强的斗争精神和为人民服务的宗旨。新时代的青年要深入学习党史、新中国史、改革开放史、社会主义发展史，了解党的奋斗历程和光荣传统，从中汲取智慧和力量。我们要传承红色文化，弘扬革命精神，让红色基因在新时代绽放新的光芒。

建功立业于红色热土。红色热土是革命老区、贫困地区等需要重点关注的地区，也是新时代青年建功立业的广阔舞台。我们要积极响应国家号召，投身到乡村振兴、脱贫攻坚、创新创业等伟大实践中去。在乡村，去利用所学专业知识，为农业现代化、农村环境治理、农民增收致富贡献力量；在城市，去参与科技创新、文化创意、社会服务等领域的工作，为城市发展注入新的活力和动力。无论身处何地，我们都要以实际行动践行社会主义核心价值观，为实现中华民族伟大复兴的中国梦贡献青春力量。

勇于担当时代责任。新时代的青年要勇于担当时代赋予的责任和使命。我们要树立正确的世界观、人生观和价值观，增强“四个意识”、坚定“四个自信”、做到“两个维护”。我们要关注国家大事和民生问题，积极参与社会治理和公共服务，为构建和谐社会贡献自己的力量。同时，我们还要注重培养自己的创新精神和创业能力，勇于尝试新事物、新领域，敢于挑战自我、超越自我，在创新创业中实现个人价值和社会价值的统一。

过了一山再登一峰，跨过一沟再越一壑。当今世界，百年未有之大变局正加速演进，我国正处在实现中华民族伟大复兴的关键时期，我们面对的是大有可为的新时代，这为年轻人奋勇争先、建功立业提供了历史机遇。年轻人应当起而行之、勇挑重担，积极投身新时代中国特色社会主义伟大实践，创造无愧于党、无愧于人民、无愧于时代的业绩。

第三节 爱国主义是中华文化之根本

习近平总书记在纪念“五四运动”100周年大会上说：“爱国主义是我们民族精神的核心，是中华民族团结奋斗、自强不息的精神纽带。”在中华民族的悠久历史长卷中，爱国情怀被深植于每一个中国人的心灵深处，被视为一种与生俱来的“天职”。千百年来，爱国主义如同一股不竭的激流，始终在中华民族的发展脉络中澎湃涌动，不仅构成了鼓舞人心的主旋律，更是激发全体中华儿女自强不息、勇往直前的不竭动力。

一、爱家园故土，记住乡愁

每个人心中都有一片难以割舍的土地，那是我们成长的摇篮，是灵魂的归宿，是无论走到哪里都魂牵梦萦的家园故土。这份对家园的深情厚谊，不仅仅是对物理空间的依恋，更是对文化根脉的追溯与认同，它如同一根坚韧的情感纽带，将我们与祖先的智慧、民族的记忆紧密相连，共同编织成一幅幅丰富多彩的中华文化画卷。

每个人心中都有一片难以割舍的土地，那是我们成长的摇篮，是灵魂的归宿，是无论走到哪里都魂牵梦萦的家园故土。

（一）心系故土，情牵千里

中华民族爱国主义以思乡恋土的乡土情结为重要的情感纽带。这份思乡恋土的乡土情结，构成了我们民族情感纽带中不可或缺的一环。这种质朴而真挚的恋土思乡情感，跨越了地域与文化的界限，成为了世界各民族爱国主义共有的情感基石。

在中华民族的文化土壤中，这份情感被赋予了更为深刻与强烈的内涵，它不仅仅是对外在环境的怀念，更是对民族身份、文化传承与精神家园的深刻认同与依恋。因此，恋土思乡的情感在中华民族中显得尤为独特且重要，它成为了我们民族生命力中不可或缺的一部分，塑造了我们独特的民族性格与精神风貌。

作为红军早期杰出的军事将领，寻淮洲的一生充满了对故土的深情厚谊。他出身于湖南浏阳一个贫苦农民家庭，自幼便深知土地与家园的珍贵。在革命斗争中，他虽转战南北，但始终心系家乡，用实际行动诠释了“爱家园故土”的情怀。每当战斗间隙，他常常回忆起家乡的山水与亲人，这份乡愁成为他坚持斗争、不畏艰难的重要动力。寻淮洲的故事，展现了中华儿女对故土的深情依恋，以及即便身处异乡，亦不忘根的坚定信念。

中国人对家乡的情感超越了简单的地理归属，它深深植根于家族结构与社会伦理的土壤之中。费孝通先生在《乡土中国》中指出：中国的传统社会是一个熟人社会，以亲缘、血缘和地缘为中心构筑的具有封闭特征的熟人社会。梁漱溟先生在《中国文化要义》中指出，与西方重集团生活不同，中国人尤为重视家庭生活，这种重视深植于伦理本位的文化土壤。因此，家乡不仅是地理上的坐标，更是情感与精神的寄托，承载着家族的记忆与文化的传承。

中国人对家乡的特殊情感体现在对故土的深深眷恋，对家族历史的自豪与传承，以及对家乡风俗、习惯、语言的亲切与认同。无论身在何方，那份对家乡的思念与牵挂始终萦绕心间，成为心灵深处最柔软的部分。

乡愁是连接个人与国家、民族的情感纽带，对故乡的眷恋正是爱国情怀的细腻展现。余光中在《乡愁》中通过乡思之愁表达出渴望亲人团聚、国家统一的“中国情结”。

乡愁是连接个人与国家、民族的情感纽带，对故乡的眷恋正是爱国情怀的细腻展现。

小时候，
乡愁是一枚小小的邮票，
我在这头，
母亲在那头。

长大后，
乡愁是一张窄窄的船票，
我在这头，

新娘在那头。

后来啊，
乡愁是一方矮矮的坟墓，
我在外头，
母亲在里头。

而现在，
乡愁是一湾浅浅的海峡，
我在这头，
大陆在那头。

（余光中《乡愁》）

余光中先生在叙述个人思乡情感的基础上，巧妙地将这份深沉的情感共鸣，播撒至每一位中华儿女的心田。他以那一湾浅浅的海峡为象征，不仅勾勒出海外游子与港澳台同胞们共有的乡愁画卷，更将这份源自中华民族本性的乡愁情怀深深镌刻于人们心灵。

新时代的青年诗人易白也在《故乡的港口》中抒发了他对

乡土的深切眷恋：“站在异乡的路口/走过陌生的街头/心在颤抖/那是我从未迷失的乡愁。”这些诗句不仅是游子对故国深情的抒发，也是报效故土、心系家园这一爱国行动的具体写照。乡愁不仅仅是游子之魂，更是故土之根，是爱国情怀的精神基石，是对爱国情怀的深刻理解与理性升华。

爱乡恋土的文化深深烙印在每一个中华儿女的灵魂深处，成为他们无论身处何方都魂牵梦绕、渴望归根的坚实情感基础。从海外华人坚定不移的寻根祭祖中，我们可以清晰地感受到这一传统跨越时空的深远影响。千百年来，乡土情结紧紧连接着华夏儿女，深深植根于每个中国人的心中。

爱乡恋土的文化深深烙印在每一个中华儿女的灵魂深处，成为他们无论身处何方都魂牵梦绕、渴望归根的坚实情感基础。

（二）故土文化，薪火相传

故土文化，承载着历史的记忆、民族的智慧与情感的寄托，是连接过去与未来的桥梁，也是维系国家统一与民族团结的纽带。乡愁不仅仅是情感记忆，更是家园故土的文化记忆。记住乡愁，就是坚定认同故土文化，深情传承弘扬故土文化。正如罗梦册在《中国论》中提出“中国天下”的概念，认为中国是“天下国”。对家园故土的爱也不仅仅是思乡恋土的情感，也是对故土文化的认同感与归属感。

对故土的认同感与归属感，体现在对民族传统文化的传承和发展。近代中国，无数仁人志士试图通过“西学东渐”开启民智，变革之中的文化急速更迭，中国精神世界陷入新思想与旧传统混战的彷徨境况。在此种背景下，辜鸿铭在出国留学学习西学后，逆流而行，重拾中华民族文化传统，将古老的华夏文明推向世界。辜鸿铭作为儒学的捍卫者，不仅英译了《论语》《中庸》等多部中华文化经典，更是以英文写就《中国人的精神》一书，弘扬中国文化。

在百年未有之大变局的当代，传统文化在现代化语境下的传承与创新，诞生了新时代特有的故土文化。新时代故土文化为乡村伦理的重塑提供了深厚的道德与文化根基，成为乡村振兴不可或缺的文化表达。传承弘扬故土文化是乡村振兴战略与中国式现代化道路中文化自觉的重要展现。

乡愁记忆所承载的“落叶归根”观念，构建了个体与家乡之间牢不可破的精神联系。“乡愁”不仅是引导人们回归乡土的精神灯塔，更是激发乡民与乡贤返回家园、投身建设的内在动力。这种动力源自对家乡文化的深刻认同，而非单纯的经济利益驱动或政策号召。正如费孝通先生所洞察，乡土社会中的个体与土地、社群之间存在着深厚的情感联结，这种基于“根”文化的责任感与归属感，促使人才在有所成就后不忘回馈乡土。

乡愁记忆所承载的“落叶归根”观念，构建了个体与家乡之间牢不可破的精神联系。“乡愁”不仅是引导人们回归乡土的精神灯塔，更是激发乡民与乡贤返回家园、投身建设的内在动力。

在湖南省浏阳市，隐藏着一项承载着深厚文化底蕴与历史传承的非物质文化遗产——浏阳文庙祭孔古乐。这项古老的音乐艺术，不仅是儒家文化的重要组成部分，更是浏阳这片土地上故土文化薪火相传的生动例证。

浏阳文庙祭孔古乐，源自古代祭祀孔子的仪式音乐，历经千年沧桑，其旋律依旧悠扬，韵律依旧庄重。它不仅仅是一种音乐形式，更是儒家思想、礼仪文化与传统音乐的完美融合，承载着对先贤的敬仰、对知识的尊重以及对和谐社会的向往。

在浏阳，祭孔古乐不仅仅是历史的回响，更是当地人民对于传统文化坚守与传承的生动实践。每一代乐师，都肩负着将这份宝贵遗产传承下去的重任。他们通过口传心授的方式，将复杂的乐谱、严谨的演奏技巧以及背后的文化内涵，一一传授给下一代。这种传承，不仅仅是技艺的传递，更是精神的接力，是对故土文化的深情厚谊和无限忠诚。

随着时代的变迁，浏阳文庙祭孔古乐也面临着诸多挑战。然而，浏阳市政府及社会各界并没有放弃对这份文化遗产的保护与传承。他们通过举办文化节、音乐会、非遗展览等多种形式，让更多人了解并欣赏到祭孔古乐的魅力；同时，加强了对乐师的培养与扶持，为他们提供更好的学习、交流和发展平台。

尤为值得一提的是，浏阳的一些学校还将祭孔古乐引入校园，作为特色课程或校园文化活动的重要组成部分。学生们在学习演奏祭孔古乐的过程中，不仅能够感受到音乐的魅力，更能够深入了解儒家文化的精髓和传统文化的博大精深。这种将传统文化融入现代教育的方式，不仅有利于祭孔古乐的传承与发展，更有助于培养孩子们的文化自信和民族自豪感。

浏阳文庙祭孔古乐的案例，深刻诠释了故土文化薪火相传的主题。它告诉我们，无论时代如何变迁，只要有人愿意坚守与传承，那些承载着历史与文化记忆的非物质文化遗产就不会消失。相反，它们会在新的时代背景下焕发出更加璀璨的光芒，成为连接过去与未来的桥梁，让故土文化在新时代继续发扬光大。

在审视乡土中国传统的同时，我们应当培养并强化文化自觉，既认识到自身文化的独特魅力与优势，也不回避其面临的挑战与不足。通过坚定爱国主义信念，让“记住乡愁”成为增强文化自信、推动文化自觉的重要途径，助力乡村振兴与中国式现代化的和谐共进。

二、爱国家民族，坚定自信

国家与民族始终是每一个个体心中最为坚实的依靠与归属。随着时代的变迁，国家民族意识的觉醒不仅成为推动社会进步的重要力量，更是激发个体潜能、凝聚民族精神的强大源泉。在当今世界格局复杂多变、文化交流日益频繁的背景下，爱国家民族的情感愈发显得珍贵而必要，它激励着每一个中华儿女坚定自信，勇于担当，为实现中华民族的伟大复兴而不懈奋斗。

（一）国家民族意识觉醒，共筑复兴之梦

尽管早在西周早期青铜器何尊的铭文上就已出现“中国”二字，但此时的中国指的是“天下四方的中心地区”，而非现代意义上的“中国”。“中国”的现代概念诞生于近代，在国家动荡、民族危亡之际，国家民族意识得以觉醒，无数爱国人士为了拯救国家民族投入到救亡图存的运动中。因此，提及国家民族，我们就必须回溯近代国家民族的观念史，只有国家民族意识觉醒，我们才能真正做到热爱国家民族。

1904年，陈独秀撰写并发表了《说国家》一文，文中提及甲午战争爆发十年之前，自己埋头苦读的初衷仅是“骗几层功名”，对国家这一宏大概念尚无体会。甲午战争之后，他才知晓“世界上的人，原来是分做一国一国的，此疆彼界，各不相下。我们中国，也是世界万国中之一国，我也是中国之一人”。梁启超用“睡狮”来隐喻落后的中国，声称“睡狮”只有成为“国民”才能真正觉醒。他将“国”“家”与“公”“私”对应，认为个体只有超越小家的束缚，成为一国之民，才能获得解放。

现代“国家”的观念逐渐形成的同时，“中华民族”概念也开始出现。“历史沉淀于概念”，“中华民族”是近代中国才出现的新名词和新概念，亦是近代中国政治社会中最为重要的“主

导概念”或“基本概念”。1902年，梁启超开始使用“中华民族”一词，提出“中华民族”的概念，将“民族”置于中国历史的考察中，创造了“大民族”概念，标志着作为一个整体的中华民族自我意识的萌芽与觉醒。李大钊1917年发表的《新中华民族主义》等文，揭示“中华国家之再造、中华民族之复活”的思想主题，可以说是“中华民族复兴”理念最早自觉的导引。

回顾近代国家民族意识的觉醒，我们可以发现，爱国家民族，就要将个体的爱国主义置身于集体事业之中，弘扬伟大的爱国主义精神，才能为推进中国式现代化提供强劲精神力量，最终实现中华民族伟大复兴的历史使命。

谭嗣同积极参与戊戌变法，希望通过改革来挽救国家危亡，实现民族振兴。他深知清朝末年政治腐败、民不聊生的现状，因此毅然投身变法运动，希望通过自己的努力来唤醒国人的爱国意识，推动国家的进步和发展。在变法失败、面临生死抉择的时刻，谭嗣同表现出了坚定的自信和从容的态度。他拒绝了逃亡的机会，选择用自己的生命来唤醒国人。他坚信自己的牺牲能够激励更多的人投身于救亡图存的事业中，为国家和民族的未来贡献自己的力量。

《永不消逝的电波》主人公原型李白自幼家境贫寒，但他心怀大志，15岁便加入了中国共产党，从此将个人的命运与国家和民族的命运紧密相连。他积极参与农民运动，秘密领导农民协会，展现了强烈的爱国情感和民族责任感。在国民党统治下的上海，李白的工作环境极其恶劣，但他始终坚守岗位，冒着生命危险向党中央发送情报。这种为了国家和民族利益不顾个人安危的精神，正是爱国家民族情怀的生动体现。

为了推进中国式现代化、实现中华民族的伟大复兴，无数先辈筚路蓝缕、披荆斩棘，进行了艰苦卓绝的奋斗，不仅为把我国建设成为社会主义现代化强国奠定了坚实物质基础，也留下了团结奋斗的宝贵精神财富。

中国核潜艇之父黄旭华“苦干惊天动地事，甘做隐姓埋名人”。因为国家需要，他隐姓埋名，潜心研究，从青丝到白发。他说，我就像核潜艇一样潜在水底下，不希望出名。我的一生属于核潜艇，属于祖国！他领导团队在技术封锁下自力更生，攻克核潜艇七项关键技术，创造中国“钢铁蛟龙”。他亲赴深海测试，加速研制进程，对年轻一代科研人员传授“三面镜子”理念，强调科研奉献。黄旭华认为祖国就是母亲，让母亲过得更好，这是他的责任，因此他毅然决然地投身国防事业，把自己的一生献给了中国的核潜艇事业。

党的十八大以来，党和国家事业取得历史性成就、发生历史性变革，推动我国迈上全面建设社会主义现代化国家新征程。今天，我们比历史上任何时期都更接近、更有信心和能力实现中华民族伟大复兴的目标。然而，前进的道路不会一帆风顺，推进中国式现代化必然会遇到各种不确定、难以预料的重大风险挑战、艰难险阻。因此，必须大力弘扬爱国主义精神，加强爱国主义教育，团结凝聚全国各族人民，以为我们战胜各种风险挑战、艰难困苦提供强大精神动力。

（二）铸就民族之魂，共扬自豪之光

今天，当我们越来越意识到文化自觉、民族自信的重要性，并从这一特定视角来自觉追溯和重新检视清末民初中国人文化心态的时候，辜鸿铭的所言所行，实不能不引起我们新的反思。晚年在日本讲学时，他曾这样语重心长地告诫世人："现代的中国人，特别是年轻人，大都具有贬低中国文明并且过度地夸大西方文明的倾向，我想在日本的情况也大概如此。其实中日两国的青年都是通过望远镜去对西方文明进行观察的，因此就让欧洲的所有一切都变得比其本身更加伟大和卓越了。而他们在对自身进行观察时，却把望远镜倒了过来，这自然也就把所有一切都给缩小了。"

不论是一个国家或民族，还是个体国民，信仰决定走向，更决定行为。

不论是一个国家或民族，还是个体国民，信仰决定走向，更决定行为。因此，我们要坚定文化自信，对自身文化价值充分肯定，对其文化生命力持有坚定的信心。只有当我们对自己的文化有充分的自信，才能更加深刻地认识到自己与祖国之间的紧密联系，更加坚定地热爱自己的祖国和民族。文化自信让我们更加珍视并努力传承自己的文化传统，同时也更加开放包容地吸收外来文化的优秀成果，不断推动文化的创新和发展。这种文化自信和开放包容的态度，正是爱国主义精神的重要体现。

北京冬奥会作为一场冰雪盛宴，不仅展示了运动员们的卓越竞技水平，更成为了中华文化自信与创新发展的生动实践。在这场全球瞩目的盛会中，中华文化元素以独特而丰富的形式融入各个环节，从开幕式上的二十四节气倒计时、火炬“飞扬”的哲学理念，到场馆设计、运动员服饰乃至颁奖仪式，无不彰显着中华文化的深厚底蕴和时代活力。

文化自信为文化创新提供了强大的精神支撑和动力源泉。北京冬奥会上，中华文化与奥林匹克精神相融合，不仅保留了传统文化的精髓，更通过现代科技和设计理念进行创造性转化和创新性发展，使传统文化焕发出新的生机与活力。例如，“冰墩墩”作为冬奥吉祥物，将大熊猫形象与冰晶外壳相结合，既体现了中国传统文化的可爱元素，又融入了现代科技感和未来感，成为全球追捧的“顶流”。

同时，文化自信也促进了中外文化的交流与互鉴。北京冬奥会成为了一个文化交流的平台，各国运动员和观众在欣赏冰雪赛事的同时，也深入体验了中华文化的魅力。中医药文化展示、太极拳教学等活动，不仅让外国友人感受到了中华文化的博大精深，也促进了中外文化的相互理解和尊重。

北京冬奥会以文化自信为引领，推动了中华文化的创新发展，展现了新时代中国的文化自信和开放包容的姿态。这场冰雪盛宴不仅让世界看到了中国文化的独特魅力，更为构建人类命运共同体注入了新的动力。

文化自信是民族、国家及政党的文化价值认同与践行，是对文化生命力的坚定信念。它激发民族自豪感，驱动文化传承与创新，为社会发展注入精神动力与智力支持。在全球化浪潮中，文化自信增强民族凝聚力，巩固文化认同，促进国家统一与繁荣。同时，它是提升国家软实力与国际影响力的关键，通过文化传播与交流，展现国家形象，提高国际地位。

三、敬畏历史，敬畏圣贤

中华文化源远流长，在华夏五千年上下的历史长河中，无数圣贤如同璀璨星辰，照亮我们前行的道路。圣贤的事迹与思想，不仅承载着民族的记忆与智慧，更是我们认识世界、理解人生、塑造价值观的重要源泉。敬畏历史，是对过往岁月的深刻反思与尊重；敬畏圣贤，则是对先贤智慧的顶礼膜拜与不懈追求。这两者的结合，构成了我们文化自信的根基，也是推动社会进步、促进个人成长不可或缺的力量。

（一）历史之镜，敬畏以鉴

中华文明以其源远流长、从未中断的独特性，在世界文明中独树一帜，展现出蓬勃生机与旺盛生命力，这一成就堪称人类历史上的奇迹。其根源在于一脉相承、本固根深的历史文化，为中华文明注入了不竭的动力与活力。

大一统作为贯穿中华历史的主题，引领着文化的演进与国家的兴衰。先秦时期，多元文化如繁星点点，逐步融合成“多元一体”的大一统文化格局，先贤们积累的治理智慧，铸就了后世大一统理念的基石。秦汉至宋元，中华文化迎来黄金时代，中央集权、郡县制与官僚体系的完善，构建了大一统国家治理体系，为文明繁荣提供了坚实保障。此时，“大一统”超越政治，深入文化与民族心理，激励仁人志士为国家统一与强盛奋斗，书写了辉煌篇章。明清以降，中华文化转型，大一统理念深入人心。鸦片战争后，国家危机四伏，中华民族展现强大生命力，选择马克思主义，实现救亡图存。在共产党领导下，千年爱国情怀与创新精神被激发，古老文化焕发新生，为中华民族伟大复兴奠定基石。这一过程，既是对大一统理念的传承，也是中华民族新时代的觉醒与复兴之路。

在长期历史发展进程中，中华民族经历了风风雨雨，特别是近代以后遭遇了无数艰难困苦，但我们都挺过来了，而且不断浴火重生。今天，我们正走在实现中华民族伟大复兴的康庄大道上。中华民族为何能生生不息、长盛不衰？一个重要原因就是我们具有独具特色、博大精深、一脉相承的历史文化的有力支撑。惊心动魄的抗疫大战，就充分展示了中华优秀传统文化的强大力量，充分展现了中华文明的深厚底蕴。

“史者，所以明夫治天下之道也。”“出乎史，入乎道。欲知大道，必先为史。”

历史之镜，敬畏以鉴。强调敬畏历史与尊重传统对于稳固国家文化根基具有重大意义。正如：“史者，所以明夫治天下之道也。”“出乎史，入乎道。欲知大道，必先为史。”这警示我们，对历史的敬畏，即是对文化根脉的尊重与维护。

我们当致力于传承文化之精髓，细心呵护民族精神的火种、核心价值观的灯塔及道德伦理的基石，确保国家文化之河源远流长，绵延不绝。山阴县长城守护者尹成武，以简陋工具守护千年遗迹，彰显对文化遗产的深情与责任。长城保护力量的增强及政策规划的实施，是新时代文化自觉与担当的彰显。

大运河申遗成功，激发了全国对文化遗产保护的共鸣，从地方到国家层面，一系列举措彰显了对文化动脉的深切关怀与复兴决心。在“保护文物即政绩”理念下，我国丰富的历史遗产得到空前重视与保护，古老文明在新时代焕发新生。站在历史与未来的交汇，中华民族以更加自信的姿态，珍视文化根脉，传承悠久文明，让古老光芒照亮复兴之路，稳健迈向辉煌未来。

同时，历史与传统更是文化创新的沃土，源源不断地滋养着新思维的萌芽与灵感的迸发。我们需在继承中勇于创新，既坚守传统的精髓与魅力，又勇于顺应时代潮流，实现文化的活态传承。在全球化的文化交流大潮中，尊重历史赋予了我们独特的文化身份，使我们能在保持自身文化独立性与特色的同时，广泛吸纳世界文化的精华，促进文化的相互尊重、借鉴与共同繁荣，让中华文化在世界舞台上绽放更加璀璨的光芒。

（二）圣贤之光，引领前行

中国古代圣贤思想，尤其是儒家、道家等哲学体系，对中华文化及爱国主义精神的塑造产生了深远而持久的影响。这些思想不仅构建了中华民族独特的精神世界，还深刻影响了爱国主义的具体内涵与实践方式。

儒家思想蕴含了以天下为己任的深厚爱国主义情怀，强调

“仁爱”与“大同”，将“天下”视为高于“国家”的宏大视野，这种超越性观念为古代爱国主义注入了深厚的责任感与使命感。儒家提倡“修身、齐家、治国、平天下”，将个人的道德修养与治理天下紧密相连，体现了儒家对于社会和谐与天下太平的不懈追求。孟子进一步发展了“民贵君轻”的思想，强调“得民心者得天下”，这种民本思想成为古代爱国主义中“民惟邦本”理念的重要基石。

儒者作为中国文化教育的主要承担者，历来注重“文史”“文野”“文质”之分，尊重历史经验、文明成果，保护文化传统。从实质上看，儒家讲的“古”，并非古代的真实社会状态，而是一种道德、理想、信念凝聚的价值实体。儒者通过教育、礼仪等方式，强化民族认同与文化自信，使爱国主义成为一种内化的精神力量。顾炎武提出的“亡国与亡天下”之辨，更是将爱国主义的层次提升至对文化延续的高度关注，体现了儒家学者对于文明传承的深刻忧虑与坚定信念。

道家思想倡导自然和谐与文化包容的爱国主义深邃智慧，以“道”为核心，倡导“无为而治”与“天人合一”的哲学理念，为古代爱国主义提供了独特的智慧资源。老子在《道德经》中频繁使用“天下”一词，强调顺应自然、无为而治的治理之道，这种思想鼓励人们在爱国行动中遵循自然规律，以和谐的方式促进社会的发展。

中国古代哲学中的“道”，是中国思想与文化中一个最崇高、最具有包容性的范畴，“道”实际上构成了中国古代哲学谱系的树根和树干，这使得中华民族在心理、思维和话语上具有了高度的统一性和自我完善能力。中国古代爱国主义也充分地体现在古人对中国哲学精神的继承与创新中，他们不断努力，借鉴和吸收外来文化，但是，一定要使之中国化，这铸造了“文化中国”作为文化实体的理念骨架。

围绕《易经》，还产生了中国古代不竭的思想创新，其精神之一就是在创造文化原理上，坚持天文与人文结合和统一的模式，所谓“观乎天文，以察时变；观乎人文，以化成天下”。这个文化创制的总原则和《易经》的思维模式相互支持，使得“文化中国”既能形成独得天人之际的宏观的自然架构，又能不断消融、吸收外来文化精华，从而踏上了长期稳定发展之路。

宋明理学作为中古中国哲学发展的高峰，更是将爱国主义推向了一个新的高度。理学家们致力于维护中华文化的独立、包容与创新，通过“为天地立心”“为往圣继绝学”的使命感，展现了古代文化爱国主义的光辉典范。他们不仅关注文化的传承与发展，还积极探索如何使外来文化中国化，以适应时代变迁的需要。

作为红军高级将领，易荡平在革命生涯中始终保持着对历史的敬畏之心。他深知革命胜利来之不易，是无数先烈用鲜血和生命换来的。因此，他不仅在战场上英勇杀敌，更在思想上高度重视历史教育，经常向战士们讲述革命先烈的英勇事迹，激励他们继承先烈遗志，继续前行。这种对历史的敬畏，实际上也是对圣贤（即革命前辈和英雄人物）的崇敬与学习，体现了中华民族尊师重道、崇尚英雄的传统美德。

研习圣贤智慧对锤炼崇高品德、深化爱国情怀具有不可估量的深远正面效应。这不仅为世人树立了道德楷模的典范，引领我们塑造正直无私的道德观念，还极大地促进了个人修养与精神境界的升华。同时，这一过程加深了我们对民族文化历史的深刻理解与认同，强化了身为国家一员的责任感与使命感，使我们的爱国情感得以升华至更为深沉与理性的层面。

四、协和万邦，天下大同

自古以来，中华民族就秉持着“协和万邦，天下大同”的宏伟愿景，这不仅是中国传统外交理念的精髓所在，更是人类命运共同体思想的历史回响。在这一理念的照耀下，中华民族始终致力于促进世界的和平与发展，倡导不同国家和民族之间的和谐共处，共同追求一个繁荣、公正、和谐的世界。

在当今世界，和平与发展仍是时代的主题，但全球性挑战与不确定性因素也在不断增加。面对这样的形势，我们更应坚定“协和万邦，天下大同”的信念，以更加开放包容的心态，推动构建人类命运共同体。通过加强国际合作、增进相互理解、促进文化交流，共同应对全球性挑战，为实现世界的和平与繁荣贡献中国智慧和力量。

（一）和平共处的外交理念

古往今来，中华民族之所以在世界有地位、有影响，不是靠穷兵黩武，不是靠对外扩张，而是靠中华文化的强大感召力和吸引力。中华优秀传统文化是中华文明的智慧结晶，其诸多元素共同塑造了中华文明的和平性。

厚德载物、明德弘道的精神追求，为塑造中华文明的和平性提供了精神支撑。《周易》中说“地势坤，君子以厚德载物”，意为大地的气势宽厚和顺，君子应以宽厚之德对待天下民众和事物。《大学》开篇讲“大学之道，在明明德”，《论语》中讲“人能弘道，非道弘人”，激发人们弘扬光明正大的德性，自觉把“道”弘扬光大。这种厚德载物、明德弘道的精神追求，经过中华儿女的践行传承与历史长河的淘洗积淀，形成了“己所不欲，勿施于人”“己欲立而立人，己欲达而达人”这种“推己及人”的人己关系准则，以道德秩序构造出一个群己合一的世界。

天下为公、天下大同的社会理想，为塑造中华文明的和平性提供了理想支撑。

天下为公、天下大同的社会理想，为塑造中华文明的和平性提供了理想支撑。《礼记·礼运》中说“大道之行也，天下为公”“人不独亲其亲，不独子其子，使老有所终，壮有所用，幼有所长，矜、寡、孤、独、废疾者皆有所养”“是故谋闭而不兴，盗窃乱贼而不作，故外户而不闭，是谓大同”，推崇天下为公的治世之道，倡导公共意识、公共道德，引导人们超越个体、休戚与共，各有所养、各尽所能，胸怀天下、谋求大同。中国古人讲，“天下非一人之天下也，天下之天下也”“四海之内，皆兄弟也”，认为“天下”并不是个别人、个别国家、个别民族的天下，而是所有人、所有国家、所有民族的天下，表达出所有人、所有国家、所有民族都应平等相待、友好相处、守望相助的愿望和理想。

讲信修睦、亲仁善邻的交往之道，为塑造中华文明的和平性提供了实践支撑。“讲信修睦”源自《礼记·礼运》，讲的是要相互讲信守义、建立和睦关系；“亲仁善邻”出自《左传·隐公六年》，讲的是要亲近仁道、友善邻国，这是治理国家的方略。中华文明是推崇信义、和睦、仁道、友善的伟大文明。个人、团体、民族、国家之间讲信守义、和睦相处、仁爱相助、友善邻里，是中华民族基于明德追求与大同理想而形成的处世之道、交往之道。丝绸之路就是这种讲信修睦、亲仁善邻的交往之道结出的硕果。公元前100多年，中国开始开辟通往西域的丝绸之路。中国与亚欧大陆上的先人们不畏艰险，探索开辟出多条连接亚欧非的贸易和人

讲信修睦、亲仁善邻的交往之道，为塑造中华文明的和平性提供了实践支撑。

文交流通路。南北朝时期沈约在《宋书》中讲“舟舶继路、商使交属”，记载了海上丝绸之路上商贾、使者来往频繁的热闹场面与繁荣景象。和平合作、开放包容、互学互鉴、互利共赢的丝绸之路精神世代相承、薪火相传。

今天，中国与共建“一带一路”国家和地区加强互联互通、共谋繁荣发展，赋予讲信修睦、亲仁善邻交往之道新的时代内涵。

（二）天下大同的理想追求

“大同”作为中国古代理想社会的典范，其理念源自《礼记·礼运》，虽未列儒家经典教义，却蕴含了儒家最普世的价值观，可视为社会主义思想的萌芽。早在《诗经》的《硕鼠》篇中，古人便以“大老鼠”喻横征暴敛的官吏，表达了对理想乐土的向往，这是早期社会理想的文学体现。春秋至秦汉间，社会动荡促成了包括儒家“大同”、道家“小国寡民”及农家“并耕而食”在内的多种社会理想构想。

儒家“大同”理想核心在于“天下为公”，倡导无私有制，鼓励人人为社会贡献，老幼皆有所养，社会秩序和谐，夜不闭户，国与国之间和平共处。这一构想与共产主义理想多有契合，均体现了对公平、正义与和谐的追求。

人类社会的理想可概括为“天下为公”与“天下为私”两种，而中国的“天下为公”理念，作为人道主义的体现，与共产主义精神相呼应。中国不仅最早提出这一理想，还通过历史长河中的不断探索与发展，丰富了其内涵。例如，农家理想在农民起义中得以实践，如张鲁的五斗米教；道家理想则在《桃花源记》等文学作品中得以描绘，成为后世向往的“世外桃源”。

进入近代，儒家大同理想继续影响深远，康有为、孙中山等人均有阐述。康有为设想的大同社会以公有制为基础，无剥削，生产力高度发达；孙中山则主张土地、大企业国有化，注重公共福利事业的发展。这些思想虽基于资本主义框架，却也闪烁着共产主义的光芒。

从“大同”到科学社会主义、共产主义，社会理想始终是推动人类文明进步的灯塔。中华民族在漫长的封建社会中，始终未放弃对理想社会的追求，这种精神激励着后人不断探索和完善社会制度。社会理想既源于现实又超越现实，它不因现实困境而熄灭，而是引领我们前行。作为新时代的中国人，更应胸怀社会理想，矢志不渝，无愧于先贤的智慧与勇气。

陈昌、潘心元等革命先驱，虽然他们的事迹更多聚焦于国内革命斗争，但他们所展现的牺牲精神、团结精神和为全民族解放而奋斗的理想，同样与“协和万邦”的理念相契合。他们相信，只有中国的独立与强大，才能更好地与世界其他国家平等对话、共同发展，最终实现人类社会的和谐与进步。

“大同社会”作为中国古代儒家所宣传的最高理想社会或人类社会的最高阶段，其理念在现代社会仍具有深远的现实意义。

在探讨大同社会现代现实意义的语境下，我们深刻认识到，中国的发展与世界的发展紧密相连，彼此成就，共同绘制着全球繁荣的宏伟蓝图。“一带一路”倡议自2013年提出以来，历经多年的不懈探索与实践，已从愿景变为现实，其影响力从局部扩展到全球，不仅为共建国家的社会经济进步注入了强劲动力，更成为引领世界经济走出低谷、迈向新增长阶段的关键路径。这一倡议的深入实施，不仅促进了资源、技术、市场的有效对接，还通过共建境外经贸合作区等形式，直接惠及民生，创造了众多就业岗位，生动诠释了“天下为公”的大同理想在现代国际经济合作中的实践。

值得注意的是，中国在非洲、拉美及加勒比地区的贡献尤为显著，不仅创造了远超他国的就业机会，还通过经济合作加深了不同文明间的理解和尊重，展现了“和而不同”的大同社会愿景。这些成就不仅增强了当地经济的韧性和活力，也为全球经济的包容性增长树立了典范。

“一带一路”倡议作为构建人类命运共同体的战略实践，其核心价值在于合作共赢，旨在通过共享发展机遇，让发展成果更加公平地惠及世界各族人民。多年来，该倡议在多个领域取得的丰硕成果，赢得了国际社会的广泛赞誉与关注，它不仅是推动“部分全球化”向“包容性全球化”转变的重要力量，还极大地拓宽了全球化发展的边界和可能性，为构建更加公正合理、开放包容的国际经济新秩序提供了实践平台。

爱国主义，作为贯穿中华文化始终的根与魂，其深远意义与丰富内涵体现在多个维度之中，彼此交织、相辅相成，共同构筑起中华民族的精神大厦。从对国家历史的深情回望，到对民族文化的自豪坚守；从对本土风土的深切眷恋，到对全球责任的勇敢担当，爱国主义以其独有的魅力，激发着每一个中华儿女的家国情怀与责任担当。

在新时代背景下，面对世界百年未有之大变局，继承和发扬爱国主义传统不仅是对历史的尊重与传承，更是实现中华民族伟大复兴中国梦的必然要求。爱国主义不仅是情感上的共鸣，更是行动上的指南，它激励着我们勇于担当时代赋予的使命，积极投身国家建设和社会发展的洪流之中。

清 萧晨 《桃源图》

我们深知，国家富强、民族振兴、人民幸福的宏伟目标，离不开每一位中华儿女的共同努力与不懈奋斗。因此，我们在此呼吁全社会携起手来，将爱国主义精神转化为实实在在的行动，无论是在科技创新的前沿阵地还是在乡村振兴的广阔天地，无论是在教书育人的三尺讲台还是在救死扶伤的医疗一线，都应以爱国之名，行爱国之实，用我们的智慧和汗水，为国家的繁荣富强贡献自己的力量。

让我们在爱国主义的旗帜下，不忘初心、牢记使命、砥砺前行，共同书写中华民族伟大复兴的壮丽篇章，让爱国主义的光芒永远照耀着中华民族前进的道路！

建设好家国

第四编

深厚的家国情怀是新时代家国观的内核

在新时代，家国情怀的内涵更加丰富和深刻。它不仅仅是对传统家国观念的传承，更是对现代社会家国关系的重新理解和诠释。家国情怀强调个人与家庭、国家之间的紧密联系和相互依存，倡导个人在追求个人价值的同时，也要关注家庭和社会的福祉，为国家的繁荣富强贡献自己的力量。

“为什么我的眼里常含泪水？因为我对这土地爱得深沉。”艾青的这句诗深情地表达了他对祖国的热爱和深情厚谊，是家国情怀的生动写照。

第一节 爱家和爱国是最深层的家国基因

一、弘扬家国情怀，助力提高社会主义文明程度

人无家，无以立足；家无国，无以和宁。家国情怀是中华上下五千年里中华优秀传统文化的基本内涵之一，它体现了主体对共同体（家庭和国家）的认同与热爱，并促使这种共同体朝着积极、正面、良性的方向发展。习近平总书记曾指出，“不论时代发

人无家，无以立足；家无国，无以和宁。

生多大变化，不论生活格局发生多大变化，我们都要重视家庭建设，注重家庭、注重家教、注重家风，紧密结合培育和弘扬社会主义核心价值观，发扬光大中华民族传统家庭美德”。在新时代的征程上，家国情怀不仅是一种情感的寄托，更是推动社会进步的重要力量，它像一根红线，贯穿在每个人的生活中，连接着家庭与国家的命运，让我们在追求个人幸福的同时，不忘为国家的繁荣富强贡献自己的力量。

家庭是人生第一所学校，好的家风，影响着家庭成员的精神、品德及行为，有利于家庭成员形成正确的人生观和价值观。

家国情怀的弘扬，有助于提升个体的道德素质和社会责任感。家庭是人生第一所学校，好的家风，影响着家庭成员的精神、品德及行为，有利于家庭成员形成正确的人生观和价值观。在家庭中，我们学会尊老爱幼、和睦相处，培养起对家庭的责任和担当。这种情感延伸到国家层面，就是对社会的奉献和对国家的忠诚。正所谓家风纯正，雨润万物；家风蔚然，国风浩荡。当每个人都能够心怀家国，将个人的发展与国家的前途命运紧密相连时，社会的文明程度自然会得到提高。

家国情怀的弘扬，有助于凝聚社会共识，形成团结向上的社会氛围。在多元化的社会背景下，各种思想文化交流交融，难免会产生一些分歧和矛盾。而家国情怀作为一种共同的文化基因，能够激发人们的爱国热情，增强民族认同感和凝聚力，让人们在共同的目标和理想下团结奋斗。在弘扬家国情怀的过程中，社会各界应共同努力，形成合力。政府部门可以通过制定相关政策、开展宣传教育等方式，引导人们树立正确的国家观、家庭观；媒体则应发挥其舆论引导的作用，积极传播正能量，营造积极向上的社会氛围；而每一个社会成员也应从自身做起，将家国情怀内化于心、外化于行，用自己的实际行动诠释家国情怀的深刻内涵。

家国情怀的弘扬，也有助于推动社会主义核心价值观的落地生根。它不仅是国家、社会和个人层面价值追求的凝练表达，更是引领社会思潮、凝聚社会共识、汇聚社会力量的强大精神力量。在这一体系中，家国情怀作为重要组成部分，发挥着不可替代的作用。通过弘扬家国情怀，我们可以更好地激发人们的爱国热情和社会责任感，促进社会主义核心价值观的普及与实践，进而推动社会的全面进步与发展。社会主义核心价值观是社会主义文明程度的集中体现，而家国情怀则是其中的重要组成部分。当我们在日常生活中不断弘扬家国情怀，将爱国、敬业、诚信、友善等价值观融入家庭、学校、社会等各个领域，就能够让社会主义核心价值观更加深入人心，成为引领社会进步的精神旗帜。

在抗击新冠疫情的这场没有硝烟的战争中，医护人员无疑是最耀眼的群体，他们挺身而出，夜以继日地穿着厚重防护服，忍受着高温、缺氧等极端环境，却依然坚守岗位，不离不弃，舍小家顾大家，冲锋在抗疫最前线，以实际行动诠释了“家国情怀”的深刻内涵，展现了人性中最光辉的一面。他们的行动，正是家国情怀的最好诠释，他们深知个人的安危与国家的命运紧密相连，只有国家安宁，小家才能幸福，这不仅是对家庭的责任，更是对国家和人民的责任。

在这场疫情中，无论是医护人员之间的相互支持，还是社会各界对医护人员的关心与帮助，都体现了社会文明的进步，这种文明程度的提升，不仅体现在物质层面的援助上，更体现在精神层面的共鸣与传承上，医护人员不仅是家庭的支柱，更是国家和人民的守护者，他们的无私奉献和英勇奋斗，不仅挽救了一个个生命，也激发了全社会的爱国热情，提升了整个社会的文明程度。

同样的还有在脱贫攻坚战中，扶贫干部们通过同吃同住同劳动的方式，真正做到了与贫困群众打成一片，他们将家国情怀转化为实际行动，深入基层、深入偏远山区，用实际行动践行着自己的初心和使命，这种亲密无间的交流和互动，让扶贫工作不再是冷冰冰的政策执行，而是充满温度的人性化关怀。他们不仅为贫困地区的群众带去了物质上的帮助，更重要的是通过宣传国家政策、讲述励志故事、开展技能培训等方式，传递了精神上的支持和温暖，激发了贫困群众脱贫致富的内在动力，让贫困群众意识到，贫穷并不可怕，可怕的是失去对未来的信心。

这种亲密无间的交流和互动以及家国情怀的弘扬，不仅增进了彼此之间的理解和信任，增强了贫困群众对国家的信任和支持，也让贫困群众看到了改变命运的机会，愿意为实现中华民族伟大复兴的中国梦贡献自己的力量，促进了社会的和谐稳定。

俗语云："国有国法，家有家规。"家庭是社会的细胞，家庭和谐是社会和谐的基础，在日常生活中，我们也可以看到许多普通人用实际行动践行家国情怀。

有人主动参加社区志愿服务，为邻居提供帮助，这种无私奉献精神，不仅体现了个人对社区和社会的责任感，也彰显了中华民族传统美德中的"互助""友爱"的价值观念；有人积极参与环保活动，保护生态环境，这种对国家生态文明的高度重视，不仅体现了个人以实际行动践行“绿水青山就是金山银山”的发展理念，也促进了生态文明建设理念在社会各界的传播和普及，推动社会整体环保意识的提升；还有人在工作中兢兢业业，为社会创造价值，这种对专业的热爱和追求，不仅为企业创造了经济价值和生产价值，更为社会经济的繁荣和进步作出了重要贡献。这些看似平凡的举动，都是家国情怀的具体体现，都在为提升社会主义文明程度贡献着自己的力量。

党的十八大以来，各地大力加强家庭文明建设，广泛开展文明家庭创建活动。通过评选五好家庭、星级文明农户、寻找“最美家庭”等活动，推动了良好家风的形成，进而促进了社会风气的改善。家国情怀是新时代家国观的内核，是推动社会进步的重要力量。我们要在全社会大力弘扬家国情怀，让每个人都能够心怀家国、担当责任、奉献社会。只有这样，我们才能够不断提高社会主义文明程度，实现中华民族伟大复兴的中国梦。

二、弘扬家国情怀，助力厚植国家意识

家国情怀源远流长，自古以来就是中华民族文化的重要组成部分。在《诗经》中，有“岂曰无衣？与子同袍”的豪迈誓言，展现了古代人民在国家危难之际的团结与坚韧。在《史记》中，司马迁用如椽之笔记录了无数英雄豪杰的事迹，他们为了国家的繁荣和民族的尊严，不惜抛头颅、洒热血。

进入近代，家国情怀更是得到了进一步的升华。面对列强的侵略和压迫，无数仁人志士挺身而出，为国家的独立和民族的解放而奋斗。从林则徐的虎门销烟，到孙中山的辛亥革命，再到中国共产党的成立和抗日战争的胜利，每一次的抗争和胜利，都凝聚着无数中华儿女的家国情怀。

在新时代的征途上，家国情怀如同一座坚固的灯塔，照亮我们前行的道路，引导我们向着国家繁荣富强的目标不断前进，它深

在新时代的征途上，家国情怀如同一座坚固的灯塔，照亮我们前行的道路，引导我们向着国家繁荣富强的目标不断前进，它深深地植根于我们的血脉之中，成为我们共同的精神家园。

虎门广场纪念雕塑

深地植根于我们的血脉之中，成为我们共同的精神家园。

（一）张伯礼：医者仁心，抗疫英雄

在新冠疫情肆虐的艰难时刻，张伯礼院士挺身而出，成为抗疫战场上的“最美逆行者”。作为中医界的领军人物，他带领团队深入抗疫一线，用中医药的智慧和力量，为抗击疫情作出了巨大贡献。

张伯礼的家国情怀，体现在他对国家和人民的深厚感情上。他深知，作为一名医者，自己的使命是救死扶伤，守护人民的生命安全。在抗疫过程中，他不仅用精湛的医术救治患者，更用实际行动诠释了“医者仁心”的崇高精神。他的家国情怀，如同一束光芒，照亮了前行的道路，激励着无数医护人员勇往直前。

（二）张桂梅：点亮希望，照亮未来

张桂梅，一位普通的乡村教师，却用她的坚韧和执着，点亮了无数贫困学子的希望之光。她创办了华坪女子高级中学，专门招收贫困家庭的女孩，让她们有机会接受高等教育，改变命运。

张桂梅的家国情怀，体现在她对教育事业的热爱和对贫困学生的关爱上。她深知，教育是改变贫困、促进国家发展的根本途径。因此，她倾尽所有，甚至不惜借债办学，只为让更多的孩子

走出大山，走向更广阔的天地。她的家国情怀，如同一盏明灯，照亮了贫困学子的未来之路，也照亮了国家发展的希望之光。

（三）郎平：女排精神，家国情怀

郎平，中国女排的传奇人物，她的名字与女排精神紧密相连。在运动员时期，她带领中国女排勇夺世界冠军；在教练时期，她再次带领女排重返世界之巅。

郎平的家国情怀，体现在她对女排事业的执着追求和对国家的忠诚热爱上。她深知，女排精神不仅代表着顽强拼搏、永不言败的体育精神，更代表着团结协作、为国争光的国家意识。因此，她始终将女排精神作为传承和弘扬的重点，用实际行动践行着家国情怀。她的家国情怀，如同一面旗帜，引领着中国女排不断前行，也激励着无数中华儿女为国争光。

弘扬家国情怀，有助于厚植国家意识，增强民族自豪感和归属感。国家意识是一个国家凝聚力的核心，是深深植根于每个公民内心深处的情感纽带与认知框架，是公民对自己国家身份的认同和归属感。家国情怀作为连接家庭与国家的纽带，能够激发人们对国家的热爱和责任感，滋养我们的文化之根，坚守着对中华优秀传统文化的自信与传承，让人们更加珍惜和捍卫国家的荣誉和利益。家国情怀是深植于中华民族血脉中的情感纽带，如同一条绵延不绝的河流，流淌在华夏儿女的血脉之中。这条河流，源自远古的文明曙光，历经千年的风雨洗礼，见证了中华民族从辉煌到衰落，再从苦难中崛起的壮丽历程。它承载着无数先贤的智慧与牺牲，记录着民族英雄的英勇与悲壮，也融入了普通百姓的勤劳与坚韧。

弘扬家国情怀，可以让每个人都深刻认识到自己与国家的紧密相连。这种认识不仅仅停留在口头上，更融入日常生活的点点滴滴，成为指导我们行为决策的内在动力，意识到个人的命运与国家的命运息息相关，不仅连接着个人与家庭、国家的血脉，形成了对家庭的深厚情感，更是融合着对国家的忠诚与热爱。它让个人超越自我界限、发掘无尽潜能、勇于探索未知，让个人最终在集体的广阔舞台上实现自我价值，达到个人与集体和谐共生的境界。当每个人都能够心怀家国，将个人的梦想与国家的梦想紧密相连时，我们的国家意识就会更加牢固，民族自豪感和归属感也会更加强烈。

弘扬家国情怀，还有助于培养人们的国家责任感和担当精神。家国情怀让人们明白，作为国家的一员，我们不仅要享受国家的繁荣与富强带来的好处，更要为国家的发展和进步贡献自己的力量，这不仅是对悠久历史文化的传承与致敬，更是新时代背景下，构筑民族精神高地、激发社会正能量的重要途径。培养国家责任感和担当精神，是弘扬家国情怀的必然要求。这意味着我们要有主人翁意识，主动关心国家大事，积极参与公共事务，勇于担当起时代赋予的使命。在日常生活中，我们可以通过各种方式来表达我们的爱国情怀和责任感，比如遵守法律法规，维护社会秩序；积极参与志愿服务，帮助需要帮助的人；关注教育、环保等社会问题，为改善民生贡献自己的力量。同时，我们还应该积极履行自己的公民责任，通过参与政策讨论、提出合理化建议等方式，为国家的决策提供有益参考；也可以通过创业创新、科技进步等方式，为国家的经济发展注入新的活力，为国家的稳定繁荣贡献自己的力量。

为了厚植国家意识，我们需要在全社会范围内大力弘扬家国情怀，加强对家国情怀的宣传和教育，注重培养人们的国家责任感和担当精神，鼓励人们积极参与到国家的发展和进步中去，还应该加强对国家历史和文化的传承和弘扬，让人们更加深入地了解国家的辉煌历史和灿烂文化，从而更加热爱和珍视自己的国家。

天下兴亡，匹夫有责。在新时代的征途上，弘扬家国情怀是厚植国家意识的重要途径，我们要更加珍视和弘扬家国情怀，让这座坚固的灯塔永远照亮我们前行的道路，引领我们向着国家繁荣富强的目标不断前进。同时，我们也要将这份情感转化为实际行动，用我们的智慧和汗水为国家的发展贡献自己的力量，共同书写中华民族更加辉煌灿烂的明天。

三、弘扬家国情怀，助力画好民族复兴同心圆

家国情怀，作为连接家庭与国家的情感纽带，对于画好民族复兴的同心圆具有不可替代的重要作用。在新时代的征程中，民族复兴成为全体中华儿女的共同梦想，民族复兴不仅意味着国家在经济、科技、文化、军事等各个领域的全面崛起和强盛，更意味着中华民族在国际舞台上重新找回自己的尊严和地位，成为推动世界和平与发展的重要力量。这一伟大梦想的实现，需要全体中华儿女的共同奋斗，离不开亿万人民的团结一心和共同努力。

积小胜为大胜，以量变为质变，中华民族的伟大复兴，正是中国人民一点一滴积累起来的历史壮举。中华民族的伟大复兴，是历史的必然，是人民的期盼。

弘扬家国情怀，有助于凝聚各方力量，形成推动民族复兴的

强大合力。在集体中，个人能够学习到团队协作、沟通协调等重要能力，不断提升自己的综合素质和竞争力。而集体则为个人提供了展示才华、实现梦想的舞台，让个人在为国家和社会作出贡献的同时，也获得了自我成长和进步的机会。这种个人与集体之间的相互促进、共同发展，构成了家国情怀的生动实践。在实现中华民族伟大复兴的中国梦的征程上，我们需要将每个人的梦想融入国家和民族的梦想之中，形成共同的价值追求和奋斗目标。家国情怀强调的是家庭与国家的紧密联系，它让人们明白，个人的幸福与国家的繁荣是息息相关的。在这种情感的驱动下，人们会更加自觉地将个人的梦想与国家的梦想相结合，将个人的力量汇聚到民族复兴的伟大事业中去。

弘扬家国情怀，有助于促进社会的和谐稳定。在全球化日益深入的今天，各国之间的联系和依存程度不断加深。弘扬家国情怀，不仅要求我们热爱自己的国家和民族，还要求我们以更加开放和包容的心态去理解和尊重其他国家和民族的文化和传统。人们不再仅仅关注自我利益的得失，而是更加关注邻里之间的互帮互助和共同发展，更加注重家庭和睦、邻里相亲，形成团结友爱的社会氛围，人们积极参与社区建设，关心邻里生活，共同维护社区的和谐稳定。

弘扬家国情怀，还能够激发人们的创新创造精神，为民族复兴注入源源不断的动力。它不仅推动了社会物质层面的进步，更在精神领域为人民构建了一座坚不可摧的堡垒。家国情怀让人们明白，个人的成长与国家的进步是相辅相成的，只有不断学习新知识、掌握新技能，才能跟上时代发展的步伐，为国家的进步贡献自己的力量。比如，阿里巴巴集团创始人马云，他凭借对互联网行业的敏锐洞察和不懈追求，不仅创造了阿里巴巴这一世界级的电商巨头，更为中国经济的转型升级和数字化转型作出了重要贡献。在这种情怀的熏陶下，这种由家国情怀激发的创新创造精神，人们更加注重个人品德修养和社会责任担当，形成了积极向上的社会氛围，这种氛围有利于培养更多具有高尚情操和远大理想的人才，人们通过文艺创作、文化传播等方式，弘扬中华优秀传统文化，传承民族精神，增强民族自信心和凝聚力。这些精神财富的积累，为民族复兴提供了强大的精神动力和文化支撑。

在科技领域，科研人员所展现的家国情怀无疑是民族复兴征途中的璀璨星光。许多科研人员心怀家国情怀，将个人的科研事业与国家的科技创新紧密结合，深深扎根于国家的科技创新土壤之中，以高度的责任感和使命感投身于科技前沿的探索与突破。他们不畏艰难、勇攀高峰，取得了一项项令人瞩目的科研成果，这种情怀，不仅是对科研事业的热爱，更是对国家未来的深切关怀与贡献。这些科研成果的取得，不仅标志着我国在科技领域的实力与地位显著提升，更为民族复兴提供了强有力的科技支撑。从载人航天、探月工程到高速铁路、超级计算机，从量子通信、人工智能到生物科技、新能源等领域，我国科技创新的步伐不断加快，为经济社会发展注入了强大的动力。科研人员在科技领域所展现的家国情怀和卓越贡献，是民族复兴伟业中不可或缺的重要力量。他们深知，只有将科研成果转化为实际生产力，才能真正造福国家和人民。他们的努力与成就，不仅推动了国家的科技进步和产业发展，促进了我国产业的升级和转型，也为经济的高质量发展提供了有力支撑。

在文化教育领域，教育工作者和文化工作者的努力对于传承和弘扬中华优秀传统文化、推动文化创新和发展具有不可估量的价值。他们不仅是文化的传承者，更是创新的推动者，通过教育、艺术等多种形式的探索和实践，让中华优秀传统文化在现代社会中焕发出新的生机与活力。

教育作为传承文化的重要途径，扮演着至关重要的角色。教育工作者们将中华优秀传统文化融入课程设置、教材编写和教学方法中，通过生动有趣的教学方式，让学生们在潜移默化中了解和认同自己的民族文化，这种教育方式不仅增强了学生们的文化素养和民族认同感，还培养了他们的文化自信和自豪感，为他们的成长成才奠定了坚实的基础。

艺术也是传承和弘扬中华优秀传统文化的重要手段之一。文化工作者们通过创作各种形式的艺术作品，如戏曲、音乐、舞蹈、绘画等，将中华优秀传统文化的精髓以艺术的形式呈现出来，让人们在欣赏艺术的同时感受到中华文化的博大精深和独特魅力，这些艺术作品不仅丰富了人们的文化生活，还激发了人们对中华文化的热爱和自豪之情。

文化教育领域的工作者们通过教育、艺术等多种形式传承和弘扬中华优秀传统文化，推动文化创新和发展，增强了人们的文化自信和自豪感。当我们对自己的文化充满信心和自豪时，就会更加坚定地走自己的路，不被外界干扰和迷惑，并且激发我们的创造力和创新精神，推动我们在各个领域不断取得新的突破和进展。

弘扬家国情怀是画好民族复兴同心圆的重要途径。我们要以实际行动践行家国情怀，无论身处何地、从事何种职业，都要时刻牢记自己的责任和使命，为国家的繁荣富强贡献自己的力量。携手同心、共同努力是实现这一目标的关键，我们需要加强团结合作，打破地域、行业、群体之间的界限，形成全社会共同参与的强大合力。只有这样，才能共同绘制出中华民族伟大复兴的壮丽画卷，让中国梦照进现实、照亮未来。

四、弘扬家国情怀，助力构建人类命运共同体

在全球化的今天，各国之间的相互依存和联系日益紧密。

在全球化的今天，各国之间的相互依存和联系日益紧密。在这样的背景下，弘扬家国情怀，不仅是对个人情感与责任的深化，有助于我们更好地理解自己与国家、民族的命运相连，更积极地参与全球治理和国际合作中去，更是推动国际合作、促进全球治理的重要精神动力。

家国情怀是增进国际友谊的桥梁。在全球化进程中，不同国家、不同民族之间的文化交流日益频繁。弘扬家国情怀，能够让人们更加珍视不同文化之间的差异性和多样

性，以开放包容的心态对待外来文化，增进相互理解和友谊。通过文化交流、教育合作等方式，我们可以向世界展示中华文化的独特魅力，促进不同文化之间的交流与融合。

家国情怀是推动全球治理体系变革的动力。当前，全球治理体系面临着诸多挑战和变革需求。弘扬家国情怀，能够让我们更加积极地参与全球治理体系的改革和完善，推动建立更加公正合理的国际秩序。我们可以秉持共商共建共享的全球治理观，加强与其他国家的合作与交流，共同应对全球性挑战和问题，为构建人类命运共同体贡献力量。

家国情怀是促进世界和平发展的重要保障。和平与发展是当今时代的主题。弘扬家国情怀，能够让我们更加珍惜和平、维护和平，积极参与国际和平与安全事务，为世界的和平稳定贡献力量。我们可以秉持“和平共处五项原则”，尊重各国的主权和领土完整，不干涉别国内政，以和平方式解决国际争端和冲突，推动建设一个持久和平、普遍安全的世界。

（一）华为的技术创新与全球合作

华为作为全球通信技术领域的领军企业，在推动5G等前沿技术发展的过程中，展现出了深厚的家国情怀与全球视野。华为的家国情怀不仅体现在对本土市场的深耕细作和对国家战略的积极响应上，更在于其将技术创新成果惠及全球、促进全球通信产业共同发展的决心和行动。

我们深知，技术的力量在于其能够跨越国界，促进全球范围内的互联互通与共同发展。因此，华为在5G等前沿技术的研发和应用上，始终秉持开放、合作、共赢的原则，积极与全球合作伙伴共享技术成果，共同推动行业标准的制定和完善。这种开放包容的态度，不仅加速了5G技术的全球普及和应用，也为全球通信产业的繁荣注入了新的动力。

华为还通过参与全球合作项目、提供技术支持和培训等方式，帮助其他发展中国家提升通信基础设施建设水平，缩小数字鸿沟，促进全球信息资源的均衡分配。这些行动不仅体现了华为作为企业的社会责任感，也彰显了其对于构建人类命运共同体的深刻理解和积极贡献。

在推动全球合作与交流的过程中，华为还注重加强跨文化沟通与理解，尊重各国文化和制度差异，寻求共识与共赢。这种跨文化交流与合作的能力，使得华为能够在全球范围内建立广泛的合作伙伴关系，共同应对全球性挑战，推动全球治理体系的完善和发展。

华为的实践证明，只有坚持开放合作、共赢共享的理念，才能在全球化的浪潮中立于不败之地，为人类的共同福祉作出更大的贡献。

（二）中国疫苗援助行动

中国在全球抗击新冠疫情过程中所展现的行动，正是家国情怀与人类命运共同体理念生动实践的典范。

在面对疫情初期的严峻挑战时，中国通过迅速而有效的防控措施，不仅保护了本国人民的生命安全和身体健康，也为全球疫情防控赢得了宝贵的时间。

随后，中国没有止步于自身的防疫成就，而是积极向国际社会伸出援手，特别是向那些医疗资源匮乏、疫情形势严峻的发展中国家提供疫苗援助。这种无私的援助行动，不仅体现了中国作为一个负责任大国的国际担当，也彰显了人类在面对共同挑战时应有的团结与协作精神。

通过疫苗援助，中国不仅帮助其他国家缓解了疫情压力，降低了死亡率，还促进了全球公共卫生体系的加强和完善。这种跨越国界的合作与援助，为构建人类命运共同体提供了坚实的实践基础，展现了各国在应对全球性挑战时能够携手并进、共克时艰的美好愿景。

中国在全球抗击新冠疫情中的表现，不仅是对家国情怀的深刻诠释，也是对人类命运共同体理念的生动实践，它向世界传递了一种积极的信息：在全球化时代，任何国家都无法独善其身，只有加强国际合作、共同应对挑战，才能实现全球的稳定与繁荣。这种理念与人类命运共同体的核心思想不谋而合，即各国应该超越地域、民族、文化的界限，以人类的共同利益为重，推动世界的和平与发展。

（三）中国参与全球减贫事业

减贫事业是全球共同面临的挑战。中国作为世界上最大的发展中国家，在减贫方面取得了显著成就，在全球治理中产生了积极贡献和深远影响。

通过实施精准扶贫、精准脱贫等一系列战略措施，中国成功使数亿人口摆脱贫困；通过提供资金、技术和经验支持，帮助其他发展中国家改善民生、减少贫困。这种跨国界的减贫合作，不仅有助于推动全球减贫事业的进步，也体现了中国作为一个负责任大国的国际担当。中国通过分享自己的减贫经验和做法，为其他发展中国家提供了有益的借鉴和启示，促进了全球减贫合作和交流。

此外，中国还倡导构建人类命运共同体理念，强调各国在减贫等全球性问题上应加强合作、共同应对。这一理念得到了国际社会的广泛认同和支持，为全球减贫事业注入了新的动力和活力。

中国在全球减贫事业中的积极贡献和深远影响。未来，中国将继续秉持共商共建共享原则，积极参与全球减贫事业，为构建更加美好的世界作出新的贡献。

这些事例都充分展示了家国情怀在全球治理和国际合作中的重要作用。通过弘扬家国情怀，我们不仅能够增强民族认同感和文化自信，还能够倡导和平、合作、共赢的外交理念，推动全球治理体系的改革和完善。我们要大力弘扬家国情怀，要加大宣传和教育力度，让更多的人了解和认识到家国情怀的价值和内涵；要注重培养人们的国际视野和跨文化交流能力，让他们能够在多元文化的环境中游刃有余地发挥自己的作用；要积极参与全球治理和国际合作事务中去，为推动全球治理体系的变革和完善贡献自己的力量。

弘扬家国情怀，不仅是对历史的传承和文化的弘扬，更是对现实的回应和未来的展望。在新时代的征程上，我们要将家国情怀融入日常生活和工作中去，以实际行动践行爱国主义精神，为实现民族复兴的伟大梦想贡献自己的力量。同时，我们还要以更加开放包容的心态走向世界，积极参与全球治理体系的改革和完善，为推动构建人类命运共同体贡献力量。

第二节 爱党、爱国、爱人民、爱社会主义是国民教育永恒的主题

一、对坚守信仰要有恒心

在华夏五千年的文明史中，信仰的力量始终是推动社会进步和文明发展的强大动力。它如同一座灯塔，指引着人们前行的方向，也如同一座基石，支撑着人们内心的坚定与执着。在新时代的征程中，对坚守信仰的恒心，更是我们爱党、爱国、爱人民、爱社会主义的基石和动力源泉。

坚守信仰的恒心，是中国共产党人精神世界的核心，它深深地根植于对党和国家的无限忠诚与坚定信仰之中。回顾党的百

年奋斗历程，这幅波澜壮阔的历史画卷上，无不镌刻着共产党人用鲜血和生命诠释信仰力量的壮丽篇章。从革命战争年代的烈士们，面对敌人的屠刀英勇就义，用生命的火花点燃革命的熊熊烈焰，到和平建设时期的先进模范们，他们在平凡的岗位上默默奉献，以无私的奉献精神和卓越的工作业绩，践行着共产党人的初心和使命。这一代代共产党人的实际行动，如同璀璨星辰，照亮了信仰的天空，证明了信仰的伟大力量。

正是有了这份对信仰的坚守和恒心，我们党才能在风雨如晦的年代中屹立不倒，才能在困难和挑战面前勇往直前。这份恒心，如同坚固的基石，支撑着我们党团结起来带领人民战胜一切艰难险阻，从胜利走向新的胜利。从新民主主义革命的胜利，到社会主义建设的探索与成就，再到改革开放的伟大实践，每一个辉煌的胜利背后，都凝聚着共产党人对信仰的坚守和不懈追求。这份坚守和恒心，不仅是我们党的宝贵精神财富，更是激励我们不断前进、不断创造新的辉煌的强大动力。

在新时代的征程中，我们要继续传承和发扬这种对信仰的坚守和恒心。无论是在科研领域攻克难关，还是在经济建设中拼搏创新，都需要我们保持对信仰的执着追求。以我国航天事业为例，航天科技工作者们怀着对祖国的热爱和对航天事业的信仰，

中国航天

默默耕耘在航天领域，取得了令世界瞩目的成就。他们中的许多人，为了祖国的航天事业，放弃了优渥的生活条件，甚至献出了宝贵的生命。正是有了这份对信仰的坚守和恒心，我国的航天事业才能不断取得新的突破和进展。

除了航天领域，还有许多其他领域的先进模范人物，他们同样用自己的实际行动诠释着对信仰的坚守和恒心。比如，在教育领域，许多教师默默耕耘在三尺讲台上，用自己的知识和智慧培育着祖国的下一代。他们不求名利，只求能够为学生们的成长贡献自己的力量。正是有了这份对信仰的坚守和恒心，我国的教育事业才能不断取得新的进步和发展。在抗击自然灾害的过程中，我们也看到了无数普通人坚守信仰、勇敢担当的身影。当自然灾害来临时，许多人不顾个人安危，冲锋在前，用自己的实际行动保护着人民群众的生命财产安全。他们中有的是消防员、武警官兵，有的是普通的志愿者、群众。正是有了这份对信仰的坚守和恒心，我们才能够战胜自然灾害，重建家园。

这些实例告诉我们，坚守信仰的恒心不仅仅是一种精神力量，更是一种实际行动的体现。它要求我们在面对困难和挑战时，始终保持坚定的信念和执着的追求；它要求我们在面对诱惑和干扰时，始终坚守初心和使命。只有这样，我们才能够在新时代的征程中不断前行，为实现中华民族的伟大复兴贡献自己的力量。

同时，我们也要看到，在新时代的征程中，坚守信仰的恒心还面临着许多挑战和考验。随着社会的快速发展和变革，人们的思想观念和价值观也在不断变化。在这种情况下，如何保持对信仰的坚定和执着，就显得尤为重要。因此，我们要通过各种方式加强信仰教育，引导人们树立正确的价值观和世界观；我们要通过宣传教育、文化传承等多种途径，让信仰的力量深入人心，成为推动社会进步的重要动力。

坚守信仰的恒心是新时代国民教育的重要主题之一。我们要通过教育和实践相结合的方式，不断培养国民的信仰意识和恒心精神，让这种精神力量成为推动社会进步的重要动力。

具体来说，我们每一个人都可以从自身做起，从小事做起，去践行这份对信仰的坚守和恒心。无论是在学习、工作还是生活中，我们都可以保持对知识的渴望和对真理的追求，不断提升自己的能力和素质；我们都可以积极参与社会公益活动，用自己的实际行动去关爱他人、服务社会；我们都可以在面对困难和挑战时，保持冷静和乐观的心态，勇往直前、不畏艰难。

我们也要善于从身边的先进模范人物身上汲取力量和启示。

他们用自己的实际行动诠释了信仰的力量和恒心的意义，为我们树立了榜样和标杆。我们要向他们学习，学习他们的精神品质和道德风范，让他们的精神在我们心中生根发芽、茁壮成长。

我们还要注重营造良好的社会氛围和文化环境。要通过各种途径和形式宣传和推广信仰的力量和恒心的意义，让更多的人了解和认识它；要倡导积极向上的社会风气和价值观念，让信仰的力量和恒心成为社会的主流和共识；要加强文化建设和传承工作，让中华优秀传统文化和现代文明成果相互融合、相互促进。

坚守信仰的恒心是我们爱党、爱国、爱人民、爱社会主义的重要体现和保障。只有我们每个人都坚定信仰、保持恒心，才能够汇聚起实现中华民族伟大复兴的中国梦的强大力量。让我们携手共进、砥砺前行，在新时代的征程中书写更加辉煌的篇章！

二、对建好国家要有忠心

在中华民族悠久而辉煌的数千年历史长河中，忠心于国家这一崇高情怀，始终如同一条璀璨的银河，贯穿于我们民族精神的天际，成为凝聚人心、引领方向的不灭灯塔。这份忠心，不仅仅是简单的情感寄托，更是深植于每一个中华儿女血脉中的精神基因，它见证了无数仁人志士为了国家的独立、民族的尊严，不惜抛头颅、洒热血的英勇壮举，也见证了历代先民在艰苦卓绝的条件下，用智慧和汗水书写下的辉煌篇章。

在新时代的伟大征程上，面对世界百年未有之大变局，我们更应深刻认识到，忠心于国家不仅是对历史的传承，更是对未来的责任与担当。它要求我们将这份忠心内化于心，使之成为我们行动的指南针，无论身处何地、从事何种职业，都能时刻牢记自己的使命与责任，始终保持对国家的忠诚与热爱。同时，我们还要将这份忠心外化于行，积极投身于国家建设的火热实践中，用实际行动践行爱国主义精神，为实现中华民族伟大复兴的中国梦贡献自己的智慧和力量。

有许多杰出人物的忠心典范，如邓稼先，一位在科技领域有着卓越成就的科学家。 面对国外对我国的科技封锁和威胁，他毅然放弃了国外优厚的待遇，回到了祖国。他带领团队克服了种种困难，成功研制出了我国第一颗原子弹和氢弹，为我国国防事业立下了赫赫战功。邓稼先的忠诚和奉献，展现了他对国家和民族的深深热爱和责任感。再如天文学界的巨匠——南仁东为了建造世界上最大的单口径射电望远镜——500米口径球面射电望远镜（FAST），他倾注了毕生的心血。南仁东的这项工程不仅为天文学界带来了重大突破，也为我国在国际科技上赢得地位和尊严。他的忠诚和毅力，体现了他对科学事业的执着追求和对国家发展的深切关怀。

在平凡岗位上也有数不胜数的忠心楷模在默默奉献。

山区教育的守护者：在偏远山区的深处，自然条件虽严苛，交通闭塞，资源有限，却有一群教师，以赤诚之心，毅然决然地扎根于那片贫瘠的土地上，默默地在三尺讲台上耕耘，无私地奉献着自己的青春与热血。他们不仅是知识的灯塔，照亮孩子们求知的道路，更是心灵的工程师，用爱与信念为孩子们铺设通往未来的桥梁。

这些教师深知，教育是山区孩子摆脱贫困、拥抱广阔世界的钥匙，是国家发展、民族复兴的基石。因此，他们不畏艰难，以忠诚于国家和民族未来的高度责任感，将自己的一腔热血倾注于教育事业之中。他们不辞辛劳，用智慧启迪智慧，用汗水浇灌希望，悉心指导每一个孩子，关心他们的每一点进步，努力让每一个生命都能在知识的海洋中自由翱翔。

在简陋的教室里，这些教师的身影显得格外高大，他们用自己的行动诠释了忠诚于教育事业、忠诚于国家建设的深刻内涵。正是有了他们的坚守与奉献，山区的孩子们得以拥有宝贵的学习机会，他们的心灵得到了丰富，视野得到了拓展，梦想的种子在心中生根发芽。

这些孩子，如同山区中顽强生长的树苗，在教师的精心培育下，逐渐成长为参天大树，为祖国的繁荣富强贡献自己的力量。他们的成长，是对教师忠诚于教育事业最生动的诠释，也是对国家未来充满希望的见证。正是这份对建设祖国的忠心与执着，汇聚成推动社会进步、民族复兴的强大动力。

抗疫前线的英雄：在抗击新冠疫情的艰巨战役中，无数医护人员挺身而出，他们以国为家，将个人安危置之度外，毅然决然地站在了守护人民生命健康的最前沿。面对凶猛的病毒侵袭，他们展现了无畏的勇气与坚定的信念，运用专业的医学知识与技术，构筑起一道道坚不可摧的生命防线，捍卫着祖国的安宁与人民的福祉。

他们夜以继日地奋战在抗疫的最前线，与时间赛跑，与病魔较量，每一分每一秒都倾注了对国家和人民深沉的爱与责任。在医院这个无声的战场上，无论是紧急救治重症患者，还是深入细致地进行流行病学调查，他们都以满腔的热情和不懈的努力，书写着对建设祖国最真挚的忠诚。

正是这份对祖国的忠心与对人民的深情厚谊，激励着他们克服重重困难，不断取得抗疫斗争的阶段性胜利。他们的无私奉献与英勇奋斗，不仅挽救了无数宝贵的生命，更为国家疫情防控大局的稳定与人民生活的恢复作出了不可磨灭的贡献。他们的行动，是对“医者仁心，大爱无疆”最生动的诠释，也是对建设祖国高度忠诚与责任感的最佳展现。

城市的美容师：环卫工人，作为城市的美容师，他们以晨曦为伴，夜幕为归，日复一日年复一年地坚守在祖国的每一寸土地上，用汗水浇灌出城市的清洁与美丽。他们不仅是城市面貌的守护者，更是对建设国家怀有深深忠心的践行者。

在炎炎夏日与凛冽寒冬的交替中，环卫工人们不畏艰难，手持扫帚，肩扛撮箕，以坚韧不拔的毅力，清扫着街道的每一个角落，为市民铺就一条条干净整洁的道路。他们的身影，成为城市中最动人的风景线，也是对祖国繁荣昌盛最朴素的贡献。

他们深知，一个整洁、美丽的城市环境，是吸引投资、促进发展、提升居民幸福感的重要基础。因此，他们将自己的工作视为对建设祖国的一份责任、一份忠诚。每当看到市民在清新的环境中安居乐业，他们的心中便充满了无比的自豪与满足，因为那是他们用自己辛勤劳动换来的成果，是对祖国深情厚谊的最好表达。

环卫工人们用实际行动诠释了什么是真正的爱国之情，什么是对建设国家的忠心耿耿。他们虽然身处平凡的岗位，却干出了不平凡的业绩，为祖国的繁荣富强贡献了自己的力量。他们的精神，如同璀璨的星辰，照亮了城市的天际，也照亮了人们的心灵，激励着更多的人为祖国的明天而努力奋斗。

在新时代的征程上，我们每一个人都可以成为这份忠心的践行者。无论是在学习、工作还是生活中，我们都可以用自己的方式为国家的发展贡献一份力量。我们要关注国家的发展动态，积极了解国情，为国家的进步出谋划策；我们要参与社会公益活动，传递正能量，为社会的和谐稳定贡献自己的力量；我们还要不断提升自己的素质和能力，以更好地服务于国家和社会。

同时，我们也要加强对建好国家的忠心的培养和实践。我们要学习先进模范人物的事迹和精神，汲取他们的力量和启示；我们要营造良好的社会氛围和文化环境，倡导积极向上的价值观念，让忠心于国家成为社会的主流共识；我们还要加强法治建设，保障公民的合法权益，为国家的稳定和发展提供坚实的法治保障。

忠心于国家是新时代每一个公民的责任和义务。让我们携手共进、砥砺前行，在新时代的征程中为建设更加公正、强大、繁荣的国家而努力奋斗！这份忠心将永远激励着我们前进，为中华民族的伟大复兴贡献自己的力量。

三、对社会主义事业要有热心

社会主义事业是全体人民的事业，它倡导平等、公正、共同富裕，是实现国家富强、人民幸福的重要保障，更是实现中华民族伟大复兴的重要途径。在新时代的征程中，对社会主义事业的热心是每一位国民义不容辞的责任，需要我们全体人民共同努力，为之付出汗水和智慧。

（一）责任：坚守岗位，服务人民

放眼神州大地，在高效畅达的交通路网，在热火朝天的施工现场，在林海雪原的边防哨所，在井然有序的科研院所……可以看到人们拼搏奋斗的身影，感受干事创业的热情，这种热情，是超越个人得失的高尚情操，是将个人理想融入国家发展大局的宏大叙事。

在诸多光辉典范中，吴孟超院士无疑是这一精神的璀璨明星，他以“中国肝胆外科之父”的美誉，照亮了医学界乃至整个社会的道德天空。

吴孟超院士的一生，是追求卓越、勇于担当的一生。他不仅在肝胆外科领域深耕细作，开创了多项国际领先的医疗技术，更将这份对医学的热爱与执着，转化为了对人民健康福祉的深切关怀。在他的职业生涯中，每一台手术都不仅仅是技术的展现，更是对生命尊重的承诺，对人民健康负责的担当。他成功救治了数以万计的患者，让无数家庭重燃希望之光，这份成就背后，是他无数次夜以继日的钻研与不懈的努力。尤为令人动容的是，即便是在步入晚年、本应享受天伦之乐的年纪，吴孟超院士依然心系患者，坚持每周至少进行三台手术。这份坚持，不仅仅是对医学事业的热爱，更是对社会主义事业无私奉献精神的生动诠释。他用自己的实际行动，证明了无论身处何种岗位，只要心怀人民、勇于担当，就能在实现个人价值的同时，为社会的进步贡献自己的力量。

吴孟超院士的事迹，是对“对社会主义事业热心”这一理念最生动的注解。它告诉我们，真正的热心，不是空洞的口号，而是体现在每一个具体的行动之中；不是远离尘世的孤芳自赏，而是深深扎根于人民群众之中，与人民同呼吸、共命运。只有当我们把个人的职责与人民的利益紧密相连，用自己的专业技能和辛勤劳动为社会作出贡献时，才能真正体现出对社会主义事业的热爱与忠诚。

（二）创新：勇于探索，开拓未来

人类的历史是一部探索未知的历史。从远古时期的石器时代到现代科技的发展，人类始终在不断探索、发现、创新。如果说传承可以让我们从前人的视野看待人理、事物，那么创新就可以让我们拓宽视野，以更加丰富的角度理解和看待万物的运行规律。

在科技日新月异的今天，创新作为时代进步的引擎，不仅重塑了我们的生活方式，也深刻影响着国家的发展。在这一背景下，王选院士的名字如同璀璨星辰，照亮了科技创新的征途，他被誉为“当代毕昇”，是对其卓越贡献的最高赞誉。

王选院士的成就，不仅仅在于他作为汉字激光照排系统创始人的身份，更在于他这一发明所引发的深远影响。在传统印刷业仍被铅与火的时代所束缚时，王选院士凭借前瞻性的视野和非凡的创造力，成功研发出汉字激光照排系统，这一革命性的技术突破，不仅极大地提高了印刷效率，降低了成本，更重要的是，它彻底改变了汉字印刷的历史，让中华文化的传承与传播迈入了数字化、信息化的新时代。这一发明，用实际行动诠释了“创新是引领发展的第一动力”的深刻内涵，不仅是科技领域的重大飞跃，更是对社会主义文化事业发展的有力推动，彰显了科技创新在社会主义事业中的核心地位。

王选院士的一生，是对社会主义事业无限热爱与执着追求的生动写照，是创新精神与爱国情怀的完美融合。在科研道路上，他勇于探索未知，敢于挑战权威，不断突破自我，为科技领域树立了新的标杆，为社会主义事业的发展开辟了新的道路。他深知科技创新的最终目的是服务于人民、造福于社会，因此，他始终将科研成果的转化应用放在首位，努力将先进技术转化为现实生产力，为社会主义事业的发展贡献智慧和力量。

太阳是奉献的，它光洒大地，换来了万物生机；春雨是奉献的，它润物无声，换来了生命勃发。发展需要奉献，奉献需要真诚。不因故弄玄虚而为之，不因沽名钓誉而为之。

（三）奉献：无私奉献，助力发展

太阳是奉献的，它光洒大地，换来了万物生机；春雨是奉献的，它润物无声，换来了生命勃发。发展需要奉献，奉献需要真诚。不因故弄玄虚而为之，不因沽名钓誉而为之。否则，就会有假，有所图，有更大的索取。真正的奉献，是恭敬地献出，是心甘情愿。甚至把奉献化为了一种责任，一种义务，一种精神。

在农业领域，袁隆平院士的名字如同璀璨星辰，照亮了全球粮食安全的征途。他不仅是“杂交水稻之父”，更是农业科技创新与人类福祉紧密相连的典范。袁隆平院士的一生，是与稻田为伴、与稻穗共舞的光辉岁月，他将自己全部的精力与智慧，无私地奉献给了这片滋养着人类文明的土地。

面对世界范围内粮食短缺的严峻挑战，袁隆平院士没有退缩，而是迎难而上，以科学家的敏锐洞察力和不懈探索精神，投身于杂交水稻的研究与推广工作。他深知，粮食是国计民生的根本，而提高水稻产量、改善水稻品质，则是解决粮食问题的关键所在。因此，他带领团队，历经无数次的试验与失败，终于成功培育出了一系列高产、优质、抗病虫害的杂交水稻品种，这些品种不仅大幅提高了水稻的单产水平，还增强了水稻的抗逆性，有效保障了粮食生产的稳定性和可持续性。

袁隆平院士的杂交水稻技术，不仅在中国大地上开花结果，更跨越国界，惠及全球。他的科研成果被广泛应用于多个国家和地区，为解决世界粮食问题提供了中国方案、贡献了中国智慧。

亿万农民因此受益，他们的生活因杂交水稻的丰收而变得更加殷实和幸福。

袁隆平院士用他的一生，为我们树立了一座不朽的丰碑，他的事迹告诉我们，无论是身处何种领域或行业，只要心怀国家、心系人民，就能在自己的岗位上发光发热，为社会主义事业的发展贡献自己的力量。

对社会主义事业的热心是新时代国民教育的重要主题之一。我们要深刻理解社会主义的优越性，积极投身到社会主义建设中来，以高度的责任感和使命感为社会主义事业贡献自己的力量。同时，我们还要敢于创新、善于创新，以创新的思维和方法推动社会主义事业的不断发展。最后，我们还要以国家和人民的利益为重，勇于奉献自己的青春和热血，让我们携手共进，共同书写社会主义事业的辉煌篇章！

四、对人民群众要有爱心

涓涓细流汇聚成海。人民作为历史的创造者，不仅是物质财富的创造者，也是精神财富的创造者。人民群众不仅是浩瀚的力量之海，也是浩瀚的智慧之海。在新时代的征程中，对人民群众有爱心，是每一位国民应具备的基本素质。这种爱心不仅体现在言语上，更体现在实际行动中，它要求我们深入群众，了解他们的需求和困难，并尽己所能去帮助他们。

（一）焦裕禄：心系群众的好公仆

焦裕禄，这位被誉为“人民的好公仆”的县委书记，用他朴实而坚定的实际行动，深刻诠释了对人民群众的深厚爱心和无私奉献。

在兰考县工作期间，他目睹了当地自然灾害的肆虐和人民群众生活的极度困苦，心中充满了深深的忧虑和责任感。为了彻底改变这种现状，他毅然决定深入基层，走村串户，与群众同吃同住同劳动，亲身体验他们的艰辛生活。

在抗灾救灾的过程中，焦裕禄始终把人民群众的利益放在首位，将他们的疾苦和需求时刻铭记在心。他要求全县的党员干部要深入群众，与他们建立紧密的联系，了解他们的实际困难和需求，并及时采取有效的措施给予解决。他常常不顾自己的安危，冒着严寒酷暑，亲自到田间地头、农户家中去了解情况，与群众面对面交流，倾听他们的心声和诉求。

焦裕禄对人民群众的关心是无微不至的。当他得知一位老人因为年老体弱无法耕种土地，生活陷入了困境。他立即组织党员干部前往帮助，不仅亲自下田劳作，为老人耕种土地，还动员群众捐款捐物，为老人解决生活上的困难。这种对人民群众的深厚爱心和无私奉献精神，让焦裕禄在人民群众中树立了崇高的威望，赢得了他们的深深信任和尊敬。

焦裕禄的一生都在为人民群众谋福祉、解忧难。他用自己的实际行动践行了共产党人的初心和使命，成为人民群众心中永远的好公仆。

（二）杨善洲：绿化荒山的老人

森林郁郁葱葱，溪流四季不断；林下山珍遍地，枝头莺鸣燕歌；周边道路通畅，百姓生活富足……这是曾经山秃水枯的大亮山如今的可喜变化。杨善洲老人退休后，没有选择安逸的晚年生活，而是毅然决然地回到了自己的家乡——大亮山，开始了他的绿化荒山之路。他用自己的双手，一草一木地绿化了这片曾经荒芜的土地。

在绿化荒山的过程中，杨善洲老人遇到了很多困难和挑战。他不仅要面对恶劣的自然环境，还要面对资金和技术的短缺。但是他并没有被这些困难所吓倒，他深知，绿化荒山不仅可以改善当地的生态环境，还可以为当地群众带来实实在在的好处。因此，他始终坚持自己的信念和决心，不怕困难、不怕艰辛地绿化

中国国家博物馆馆藏英模蜡像展（北京） 杨善洲

荒山，经过22年的艰苦努力，终于将这片曾经荒芜的土地变成了一片绿洲。如今的大亮山，树木葱茏、鸟语花香，成为当地群众休闲度假的好去处。

杨善洲老人的爱心不仅体现在对环境的改善上，更体现在对人民群众生活的关心和帮助上，他用自己的实际行动，为当地群众创造了一个更加美好的生活环境。

对人民群众的爱心是新时代国民教育的重要主题之一。焦裕禄、杨善洲等人物及其事迹告诉我们：只有深入群众、了解群众、关心群众、帮助群众才能真正做到对人民群众有爱心。人民是历史的创造者，群众是真正的英雄。

五、对履行职责要有公心

在新时代的背景下，每一位国民都肩负着各自的职责与使命。我们每个人面对职责应保持公心，坚守职业道德和社会责任，不偏不倚，秉公办事，以国家和人民的利益为重。

（一）孔繁森：雪域高原上的公仆典范

孔繁森，这位在雪域高原上默默奉献的干部，用他朴实无华却充满力量的实际行动，深刻诠释了对履行职责的公心与执着。

作为援藏干部，他深知自己肩负的责任重大，始终将国家和人民的利益放在首位，不计个人得失，全心全意地投入西藏的建设和发展中去。

在西藏工作期间，孔繁森以坚定的信念和顽强的毅力，积极推动各项事业的发展。他深入基层，了解民众的实际需求，努力改善当地民众的生活条件。无论是教育、医疗还是基础设施建设，他都倾注了大量的心血和汗水，为西藏的繁荣稳定作出了杰出的贡献。

有一次，孔繁森在处理一起复杂的土地纠纷案件时，面对双方当事人的激烈争执和利益冲突，他始终保持公正无私的立场。他耐心听取双方的意见，深入了解纠纷的根源，并依据法律法规和政策规定，经过反复调解和协商，最终妥善解决了这起纠纷。他的公正处理不仅赢得了双方当事人的认可和尊敬，也树立了政府在人民群众中的良好形象。

孔繁森在履行职责的过程中，始终坚守公心，不受任何私利的诱惑。他深知，作为人民的公仆，自己的使命就是为人民服务，为国家的繁荣富强贡献自己的力量。他用自己的实际行动证明了，一个真正的公仆，应该时刻以国家和人民的利益为重，秉公办事，无私奉献，始终保持清正廉洁的作风。

孔繁森的一生是短暂而光辉的，他在雪域高原上留下了深深的足迹。他的事迹和精神将永远激励着后来者，成为他们前行的榜样和动力。他用自己的生命诠释了什么是真正的公仆精神，什么是为人民服务的最高境界。孔繁森，这位雪域高原上的公仆典范，将永远被人民铭记在心。

（二）张桂梅：教育战线上的楷模

张桂梅是华坪女高的校长，也是一位身患多种疾病的普通老师。她用自己的爱心和智慧，为大山里的女孩们铺就了一条通往未来的道路。

在华坪女高的创办过程中，张桂梅面临着资金、师资、设施等多方面的困难。但她始终坚守教育公平的原则，努力为大山里的女孩们提供优质的教育资源。她四处奔走，筹集资金，改善学校设施；她亲自挑选老师，确保教学质量；她关心每一位学生的生活和学习，为她们排忧解难。

张桂梅在履行职责时，始终保持着教育者的良心和公正。她不受任何利益的驱使，以学生的成长和未来为重，用自己的实际行动诠释了什么是真正的教育公平和公正。

这些人物和事迹都告诉我们：对履行职责保持公心是每一位国民应该具备的基本素质。无论我们身处何种岗位、承担何种职责都应该时刻以国家和人民的利益为重秉公办事、无私奉献。只有这样我们才能共同创造一个更加公正、和谐、美好的社会。

第三节 永远的心灵家园和生命归依

在新时代的浩瀚星河下，我们每个人的心灵都是一片未被完全探索的宇宙，其中深藏着那些熠熠生辉、永不熄灭的梦想之光。这些梦想不仅仅是夜空中最亮的星，更是灵魂深处不灭的火焰，燃烧着对美好生活的无限渴望，以及对自我价值实现的深切呼唤。它们如同古老而神秘的图腾，镌刻在每一个追梦人的心版上，既是个人命运的航标，也是家庭温暖的港湾，更是国家崛起的基石，乃至世界和平共处的桥梁。

一、个人梦、家庭梦、中国梦、世界梦的道德价值认知

个人梦、家庭梦、中国梦、世界梦，它们紧密相连，相互交织，共同构成了我们这个时代最为宝贵的道德价值认知。

（一）个人梦的道德价值认知

个人梦是每个人内心深处的向往和追求，它代表了个人对于美好生活的渴望和对于自我价值的实现。个人梦的道德价值在于，它体现了个人对于生命的尊重、对于自我成长的追求，以及对于社会的贡献和回馈。

个人梦体现了对生命的尊重。

个人梦体现了对生命的尊重。个人梦是心灵深处的花园，每一朵花都承载着对生命最深切的敬意。在这片花园里，我们学会了尊重，不仅是尊重自己的存在，更是尊重每一个追梦者的权利与努力。正如晨曦初照时，每一滴露珠都闪耀着太阳的光辉，每一

个梦想，无论大小，都闪耀着对生命价值不懈探索的光芒。它教会我们，即使是最微小的存在，也有其独特的价值和意义，都能在历史的长河中留下属于自己的痕迹。在这个多元化、快节奏的时代，每个人的个人梦都独一无二，如同万花筒中斑斓的色彩，各具特色，却又共同绘就了时代的壮丽画卷。有人梦想成为科学家，探索未知的宇宙奥秘，用智慧照亮人类前行的道路；有人渴望成为艺术家，用画笔、音符或文字抒发内心的情感，传递美的力量；还有人则梦想在平凡的岗位上默默奉献，用汗水和努力为家庭和社会贡献自己的力量。只有当每个人都勇敢地追求自己的梦想，才能够实现个人价值的最大化，同时也为社会的进步和发展提供源源不断的动力。

个人梦体现了对自我的追求。

个人梦体现了对自我的追求。在个人梦的追寻中，我们学会了坚韧与执着。这是一场关于自我成长的壮丽史诗，每一次跌倒与爬起，都是对生命韧性的磨砺，每一次失败与重来，都是对梦想更深的执着。正如古木参天，非一日之功，个人的成长与梦想的实现，也需要时间的沉淀与不懈的努力。追求梦想的过程是一个不断学习和成长的过程，它要求我们不断地挑战自我、超越自我，提升自己的能力和素质，要求个体具备坚定的信念、不懈的努力和持续的学习精神。这份执着，不仅让个人在追梦的路上越走越远，也让整个社会因之而充满活力与希望。这种追求不仅让我们变得更加优秀和强大，也让我们能够更好地适应社会的变化和发展，塑造更加坚韧不拔的品格。

个人梦体现了对社会的贡献和回馈。个人梦不仅是个人对于美好生活的渴望和对于自我价值的实现，更是社会进步与发展的重要驱动力。当个体在追求自己梦想的过程中，不断积累经验、提升能力，也在为社会的进步贡献着自己的力量，这种力量汇聚成

个人梦体现了对社会的贡献和回馈。

海，推动着社会不断向前发展，为更多的人创造实现梦想的机会和条件。每个人的梦想都与社会息息相关，只有当我们的梦想与社会的发展相契合时，才能够实现真正的价值。在追求个人梦想的过程中，我们也需要关注社会的发展和需要，用自己的行动去回馈社会、服务社会，为社会的繁荣和进步贡献自己的力量。

（二）家庭梦的道德价值认知

家庭梦作为家庭成员间共同孕育与追求的美好愿景，不仅是个人情感的寄托，更是社会和谐与文明进步的基石，其蕴含的道德价值，深刻而广泛。家庭梦是家庭成员共同追求的美好愿景，它代表了家庭对于幸福生活的向往和追求，它体现了家庭对于亲情的珍视、对于和谐生活的追求，以及对于社会责任的承担。

家庭梦体现了对亲情的珍视。

家庭梦体现了对亲情的珍视。家庭作为我们生命中不可或缺的一部分，不仅是身体的栖息地，更是心灵的避风港。在追求家庭梦的过程中，珍视亲情、关爱家人是至关重要的，这意味着我们要时刻关注家人的需求与感受，用心倾听他们的声音，理解他们的想法，给予他们必要的支持与鼓励。无论是日常的点滴关怀，还是关键时刻的挺身而出，都是对亲情珍视的体现。因此，家庭梦的实现，离不开每个家庭成员的共同努力与付出，更离不开亲情的滋养与呵护。

家庭梦体现了对和谐生活的追求。和谐的家庭生活是我们每个人所向往的，它不仅能够让我们感受到温暖和幸福，还能够让我们更好地面对生活的挑战和困难。因此，在追求家庭梦的过程中，我们需要注重家庭关系的和谐、注重家庭成员之间的沟通和理解，共同营造一个温馨、和谐的家庭氛围。

家庭梦体现了对和谐生活的追求。

家庭梦体现了对社会责任的承担。家庭是社会的基本单位，每个家庭都承担着一定的社会责任和义务。因此，在追求家庭梦的

家庭梦体现了对社会责任的承担。

过程中，我们也需要关注社会的需要和发展，用自己的行动去回馈社会、服务社会，为社会的繁荣和进步贡献自己的力量。

在家庭的怀抱中，我们学会了爱与被爱，学会了责任与担当。家庭梦是个人梦得以实现的重要支撑，它让每一个追梦人在疲惫时有所依靠，在迷茫时找到方向。在家庭的温暖中，我们更加坚定了追求梦想的信念，也更加珍惜与家人共度的每一刻时光。

个人梦与家庭梦的交融，汇聚成了中国梦的磅礴力量。在这片广袤的土地上，亿万个梦想交织成一幅壮丽的画卷，展现了中华民族自强不息、勇往直前的精神风貌。

（三）中国梦的道德价值认知

中国梦，是中华民族伟大复兴之梦，蕴含了深远的道德价值，这些价值不仅关乎中华民族伟大复兴，也体现了国家对于人民的深厚关怀、对民族文化的传承以及对世界和平与发展的坚定承诺，代表了国家对于繁荣富强、民族振兴的向往追求，展现了一个全面、均衡且富有责任感的发展理念。

中国梦体现了国家对于人民的关怀。人民是国家的根基和命脉，只有让人民过上幸福美好的生活，才能够实现国家的繁荣和富强。因此，在追求中国梦的过程中，政府、企业、社会各界都应该肩负起自己的责任，关注人民的需求和利益，让人民共享国家发展的成果和红利，共同推动中国的发展和进步。同时，我们也应该珍惜当前的生活，积极参与到国家建设中来，为实现中华民族伟大复兴的中国梦贡献自己的力量。

中国梦体现了对于民族文化的传承。中国梦，这一宏伟蓝图，不仅承载着国家对于人民幸福生活的深切关怀，更蕴含着对民族文化深厚底蕴的传承与弘扬。在这片古老而又年轻的土地上，五千年的文明史如同一条璀璨夺目的长河，流淌着无数先贤的智慧与汗水，孕育了丰富多彩、独具魅力的中华文化。在追求中国梦的道路上，我们坚持文化自信，积极挖掘和传承民族文化中的瑰宝，让其在现代社会中焕发出新的生机与活力，并且通过教育、艺术、科技等多种途径，努力将民族文化的精髓传递给下一代，让他们成为民族文化的继承者和传播者，共同守护

中国梦体现了对于民族文化的传承。

这份宝贵的文化遗产。传承和弘扬民族文化，并非仅仅停留在表面的形式或符号上，而是要深入理解和领悟其中的精神内核和价值观念，将其与现代文明相结合，推动文化的创新和发展。

中国梦体现了对于世界和平与发展的贡献。

中国梦体现了对于世界和平与发展的贡献。同时，中国梦也展现了一个国家对世界和平与发展的坚定承诺。在全球化日益加深的今天，各国之间的联系与依赖日益紧密，和平与发展已成为时代的主题。在追求中国梦的过程中，我们也需要关注全球性问题、推动国际合作与交流，为构建人类命运共同体贡献中国智慧和力量。中国作为一个负责任的大国，始终秉持着和平、合作、共赢的外交政策，积极参与国际事务，推动构建人类命运共同体。只有世界和平稳定，才能为各国的发展提供有力保障；只有各国共同发展，才能推动世界走向更加繁荣富强的未来。

在实现中国梦的征程中，我们需要凝聚全社会的力量，共同奋斗、共同创造，为实现中华民族的伟大复兴而不懈努力，秉持开放包容的心态，积极吸收借鉴世界各国的优秀文明成果，推动不同文明之间的交流互鉴，共同构建一个和谐共生、繁荣美好的世界。

（四）世界梦的道德价值认知

世界梦凝聚了全人类对于美好未来的共同愿景和不懈追求，它不仅是一个关于和平、繁荣与发展的梦想，更是人类道德价值观在全球层面的集中体现，是全人类的共同梦想，它代表了对于全球和平、繁荣、发展的向往和追求。

世界梦体现了人类对于共同命运的关注。在全球化的今天，各国之间的联系日益紧密，人类的命运也越来越紧密地联系在一起。因此，在追求世界梦的过程中，我们需要关注全球性问题、推动国际合作与交流，

世界梦体现了人类对于共同命运的关注。

共同应对各种挑战和风险。

世界梦体现了对于文明多样性的尊重。

世界梦体现了对于文明多样性的尊重。世界上存在着不同的文明和文化，这些文明和文化之间既有差异也有共性。在追求世界梦的过程中，我们需要尊重不同文明和文化之间的差异和多样性，推动不同文明和文化之间的交流和融合，共同创造人类文明的辉煌未来。

世界梦体现了对于可持续发展的追求。

世界梦体现了对于可持续发展的追求。可持续发展是当今世界的重要议题之一，它要求我们在追求经济发展的同时注重环境保护和社会公正。在追求世界梦的过程中，我们需要注重可持续发展、推动绿色低碳发展、加强环境保护和治理、促进社会公正和进步，为人类的未来奠定坚实的基础。

个人梦、家庭梦、中国梦、世界梦，在追求这些梦想的过程中，我们既需要秉持道德原则、坚守道德底线，也要用自己的行动去影响和感染周围的人，让更多的人加入我们，为实现这些梦想而努力奋斗。

二、舍小家为大家是家国情怀的鲜明特征

舍小家为大家，是家国情怀的鲜明特征，意味着在面对国家利益和个人利益的选择时，能够毫不犹豫地将国家利益放在首位，它要求个体在关键时刻能够超越个人情感的束缚，以更加广阔的视野和更加深远的思考来审视问题，从而做出更加符合国家和民族利益的决策。它不仅仅是情感上的表达，更是深刻的责任意识和行动上的担当，是中华民族深层次的文化密码，凝聚了人们对于家国天下的深沉眷恋。

在历史长河中，闪耀着无数英勇先辈的光辉身影，他们如同夜空中最亮的星，以国家兴亡、民族存续为己任，将个人的命运与国家的前途紧密相连，甘愿舍弃个人利益，去捍卫和守护整个国家和民族的利益，展现出了超越凡尘的伟大情怀。这种精神，不仅是中华民族悠久历史中最为宝贵的精神财富之一，也是全人类共同敬仰的崇高品德。

他们中，有的是文臣武将，在战场上冲锋陷阵，以血肉之躯筑起捍卫疆土的钢铁长城；有的是书生墨客，以笔为剑，用文字

唤醒民众意识，激发民族斗志；还有的则是普通百姓，在平凡的生活中默默奉献，用勤劳和智慧支持着国家的建设与发展。这些英勇的先辈深知“皮之不存，毛将焉附”的道理，深刻理解到个人的幸福与国家的命运息息相关。因此在面对国家危难之际，他们毫不犹豫地选择了牺牲小我、成就大我，只为守护这片养育他们的土地，捍卫民族的尊严。正是这种精神，铸就了中华民族不屈不挠、勇于斗争的民族性格，激励着一代又一代中华儿女为了国家的繁荣富强而努力奋斗。

在今天这个和平与发展的时代里，我们虽然不再需要像先辈们那样浴血奋战、舍生忘死，但那种为了国家和民族利益而勇于奉献、敢于担当的精神依然是我们需要传承和发扬的宝贵财富。

（一）岳飞精忠报国

岳飞是一名杰出的军事家，这位南宋时期的抗金名将，以其坚定的意志和卓越的军事才能闻名于世。他的事迹不仅是中国历史上抗击外侮、保卫家园的典范，也是中华民族不屈不挠、勇于担当精神的体现。他的一生几乎全部奉献给了抗击外敌、保家卫国的伟大事业。

在金兵铁蹄肆虐、南宋王朝风雨飘摇的危难之际，岳飞挺身而出，以非凡的勇气和智慧，率领岳家军屡建奇功，极大地振奋了民心士气，为国家的存续和民族的尊严立下了不可磨灭的功勋。

岳飞的“精忠报国”精神，是他一生最为鲜明的标签。这种精神不仅仅体现在他战场上的英勇无畏和军事才能的卓越展现上，更深刻地体现在他对于国家利益的坚定维护和对个人情感的牺牲上。他常年征战沙场，很少有时间陪伴在家人身边，在面临家国抉择的关键时刻，岳飞总能将国家的利益置于首位，甘愿放弃个人的安逸与幸福，甚至是牺牲自己的生命，也要守护这片土地和这片土地上的人民。这种“精忠报国”的精神不仅赢得了当时人们的敬仰，也成为后世传颂的佳话。

岳飞精神，不仅在当时赢得了广大民众的敬仰和爱戴，也成为后世无数仁人志士学习的楷模。他的故事被传唱千古，激励着一代又一代中华儿女为了国家的繁荣富强和民族的伟大复兴而不懈奋斗。在今天这个和平与发展的时代，我们仍然需要继承和发扬岳飞的“精忠报国”精神，将其转化为推动社会进步、促进国家发展的强大动力。

他对家人的深切思念与无尽牵挂，以及对并肩作战的战友间那份难以割舍的情谊，无不透露出他作为凡人的温情与深度。这样的人性光辉，不仅让岳飞的形象跃然纸上，更加饱满生动，也拉近了我们与他之间的距离，使得他的故事更加触动人心，易于引起我们的共鸣与情感联结。

（二）林则徐禁烟救国

清朝末年，鸦片之祸如洪水猛兽般席卷中华大地，不仅摧残了民众的健康，更侵蚀了国家的根基，使社会风气败坏，国力日衰。在这危急存亡之秋，林则徐临危受命，担任钦差大臣，负责禁烟事宜。他知道此举必将触动多方利益，甚至可能危及自身及家人的安全。但在这巨大的个人利益与民族命运的天平上，为了国家的未来和民族的福祉，林则徐毫不犹豫地选择了后者，他义无反顾地推行了严厉的禁烟政策。

林则徐的禁烟行动，不仅沉重打击了鸦片贸易，挽救了无数因吸食鸦片而陷入深渊的国人，更在精神上激发了民众的爱国热情，为国家的振兴注入了强大的动力。他的行动，不仅挽救了无数沉迷于鸦片的国人，更为国家的振兴奠定了基础。他的事迹，成为后世传颂的佳话，激励着一代又一代中华儿女为了国家的繁荣富强而努力奋斗。

林则徐“舍小家为大家”的壮举，是爱国情怀与民族责任的光辉典范，激励着世代中华儿女。在当今时代，国内外形势错综复杂，我们更应铭记并传承这份精神，将其转化为实际行动。

每位公民都应怀揣家国情怀，勇于担当，以林则徐为镜，不畏艰难，勇于创新，为实现中华民族伟大复兴的中国梦贡献智慧和力量。这不仅是对历史的尊重，更是时代赋予我们的神圣使命。

（三）邓稼先献身国防科研

邓稼先是中国核武器研制工作的开拓者和奠基者。在那个国家初建、百废待兴的年代，面对外部世界的核威慑与核讹诈，邓稼先先生以国家大局为重，毅然决然地放弃了海外优越的生活与工作条件，选择了一条充满未知与挑战的道路——回国参与国防科研，尤其是核武器研制的艰巨任务。

在核武器的研发过程中，邓稼先先生和他的团队面临着前所未有的技术难题和极端艰苦的工作环境。他们隐姓埋名，在茫茫戈壁滩上默默耕耘，以非凡的智慧和坚韧不拔的毅力，克服了一个又一个看似不可逾越的障碍，最终成功研制出我国第一颗原子弹和氢弹。这种对科学的执着追求和对国家安全的深切责任感，使得中国在核武器的研发领域取得了举世瞩目的成就，极大地提升了国家的国际地位和战略威慑力。

邓稼先先生一生奋斗不息，无私奉献，以家国情怀铸就国防长城，他的伟大之处，不仅在于他为国家作出的巨大贡献，更在于他为此所付出的个人牺牲。在这个过程中，他长期与家人分离，无法享受普通人应有的天伦之乐，甚至在生命的最后时刻，他仍心系国家，无暇顾及个人的病痛与家庭的牵挂。他的精神，是爱国情怀与科学家精神的璀璨结晶，照亮了新中国科技发展的征途。

在新时代的背景下，舍小家为大家彰显家国情怀，不仅是个人情感的表达，更是责任与担当的体现。它鼓励我们超越个人利益的局限，将个人的智慧和力量融入国家和民族的发展大局之中，共同为实现国家的繁荣富强和民族的伟大复兴而努力奋斗。

虽然和平与发展是当今时代的主题，我们也确实迎来了前所未有的机遇，但同时也需清醒地认识到，国内外环境依然复杂多变，各种挑战和风险层出不穷，面对这些挑战，个人与国家的命运更加紧密相连，每一个个体的选择和行动都关乎整个社会的和谐稳定与国家的长远发展，无论是科技创新、环境保护还是社会公益等领域，都需要我们秉承家国情怀，将个人的智慧和力量汇聚到国家和民族的发展大局之中。在科技创新领域，这种精神推动着我们不断探索未知、突破技术瓶颈，为国家的技术进步和产业升级贡献力量；在环境保护方面，它引导我们关注生态平衡、践行绿色发展理念，为子孙后代留下一个更加宜居的地球家园；在社会公益领域，它激励我们关注弱势群体、传递爱心与温暖，让社会更加和谐美好。

三、家庭幸福、生活美好、国家繁荣、民族复兴是永远的生命归依

参天之木，必有其根；怀山之水，必有其源，而中华民族之根基，则是源远流长的中华历史和文明，而在中华民族悠久的文化传统里，家国情怀始终熠熠生辉，占据核心地位。

参天之木，必有其根；怀山之水，必有其源，而中华民族之根基，则是源远流长的中华历史和文明，而在中华民族悠久的文化传统里，家国情怀始终熠熠生辉，占据核心地位。

自古以来，无数仁人志士将国家兴亡视为己任，他们前赴后继、英勇无畏地投身于国家的建设与发展中。这些志士以非凡的智慧和不懈的汗水，谱写了一曲曲感人至深的爱国壮歌，展现了中华民族不屈不挠的精神风貌。

家庭幸福、生活美好、国家繁荣、民族复兴，这四个方面紧密相连，它们不仅

是对过去的传承，更是对未来的期许，共同构成了我们永远的生命归依。

（一）家庭幸福：生命的港湾

家庭是爱的源泉，是扬帆起航后归憩的港湾，是爱的最初栖息地。随着全球化和社会变迁的加速发展，各种新型家庭形态不断涌现，传统家庭价值观念也在发生深刻变化。因此，强调家庭的重要性和功能，弘扬传统美德，营造幸福美满的婚姻家庭生活已成为当代社会共同追求的目标之一。

对社会而言，家庭是社会的细胞，每一个家庭的和谐稳定都直接关系到整个社会的安宁与繁荣，幸福的家庭更是构建和谐社会的重要基石，当每一个家庭都充满爱与温暖时，这种正面的家庭氛围会传递到社会各个层面，社会成员之间的信任与合作将得到加强，形成积极向上的社会风气和正能量，社会矛盾和冲突将得到有效缓解，推动社会向着更加和谐、稳定、繁荣的方向发展。

对个人而言，家庭作为情感的港湾，提供了无条件的爱与支持，是心灵得以休憩与滋养的地方，更是情感的港湾和精神的支柱。一个幸福的家庭，不仅仅能够给予人情感上的慰藉，更能够培养出具有健康人格和正确价值观的下一代。家庭中的长辈通过言传身教，将家族的历史、信仰、价值观和生活技能传递给晚辈，确保文化的连续性和社会的稳定，这种传承不仅仅是物质财富的积累，更是精神财富的积淀，如孝顺、诚信、勤劳、节俭等美德的弘扬。在这样的家庭中，个体能够感受到被接纳、被尊重，从而建立起强大的自我认同感和自信心，激发个人的潜能和创造力，帮助个人形成健康的人格和正确的价值观。在和谐的家庭氛围中，孩子可以学会如何表达情感、解决冲突，这些技能将伴随他们一生，成为其健康人格和正确价值观形成的重要基础。

家庭在中国文化中占据着举足轻重的地位，其内涵随着时代的变迁而不断丰富和发展。在新时代背景下，我们应该更加珍惜和维护家庭幸福，努力营造一个充满爱、理解和支持的温馨家园。

（二）生活美好：个体的追求

生活美好是人类永恒的追求，在当今这个瞬息万变、压力重重的现代社会中显得尤为珍贵。它不仅仅是对物质条件的一种期许，更是对心灵深处那份宁静、满足与幸福的深切渴望。

个人层面的努力，是通往美好生活的基础。每个人都是自己命运的掌舵者，通过持续不断的学习，我们能够拓宽知识边界，提升专业技能，从而在职业生涯中脱颖而出，获得更广阔的职业发展空间和更高的社会地位。这种成长不仅带来了经济上的独立与自由，更让我们在挑战中找到了自我价值，收获了成就感和满足感，让心灵得到滋养和升华。

社会层面的支持，则是美好生活的坚实后盾。一个公平、公正、包容的社会环境，能够为每个人提供平等的发展机会和舞台。政府和社会各界应共同努力，消除制度性障碍，打破资源分配不均的壁垒，让每个人都能在自己擅长的领域发光发热。此外还应加强公共服务体系建设，提升教育、医疗、文化等公共服务水平，满足人民日益增长的美好生活需要。同时也要倡导和谐共处的社会氛围，增强人与人之间的信任与理解，让社会充满正能量和温暖。

培养积极健康的生活方式和心态，则是实现美好生活的关键所在。在快节奏的生活中，我们容易陷入焦虑、疲惫的状态，因此，学会放松身心、调整情绪变得尤为重要。保持规律的作息、均衡的饮食、适量的运动以及良好的社交活动，都是维护身心健康的有效方式。培养乐观、豁达的心态，以积极的态度面对生活中的挑战和困难，也是提升幸福感的重要途径。当我们能够以平和的心态去接纳生活中的不完美时，就会发现生活中的美好无处不在。

实现生活美好需要个人、社会和心态三个层面的共同努力。只有当每个人都能够不断提升自我、享受公平发展、保持健康心态时，我们才能真正地走进那个充满阳光、温暖与希望的美好生活世界。

（三）国家繁荣：民族的希望

国家繁荣，作为全体中国人民心中的共同愿景，其深远意义远超乎经济数字的增长与国际排名的提升。一个国家的繁荣昌盛，不仅仅体现在经济实力的增强和国际地位的提升上，更包括文化、科技、教育等各个领域交相辉映、相互促进，它不仅能够为国民提供更高质量的生活条件、更广阔的发展空间，还能在国际舞台上赢得更多的尊重与赞誉。

政府作为国家繁荣的引领者和推动者，需发挥关键作用。通过加强宏观调控，政府可以确保经济运行的稳定性和可持续性，同时引导经济结构向更加优化、高效的方向转型。在创新驱动发展战略的指导下，政府应加大对科研创新的投入，支持关键核心技术攻关，为产业升级提供强大动力。政府还应致力于构建公平、开放的市场环境，激发市场活力和社会创造力，为各类企业提供公平竞争的机会。

企业作为市场经济的主体，是推动国家繁荣的重要力量。在全球化竞争日益激烈的今天，企业必须加强自主创新能力并不断提升核心竞争力，才能在市场上立于不败之地。企业还应注重品牌建设，通过提升产品和服务质量，树立良好企业形象，赢得国内外消费者的信赖和喜爱。企业还应积极履行社会责任，关注环保、公益等社会议题，为构建和谐社会贡献力量。

个人作为社会的一分子，每个人都是国家繁荣的参与者和受益者。因此，我们每个人都应增强主人翁意识，积极参与到国家建设和发展中来。

个人作为社会的一分子，每个人都是国家繁荣的参与者和受益者。因此，我们每个人都应增强主人翁意识，积极参与到国家建设和发展中来。无论是通过勤奋工作创造社会价值，还是通过志愿服务回馈社会，抑或通过学习和创新提升个人能力，都是为国家繁荣贡献力量的重要方式。同时，我们还应培养爱国情怀和民族自豪感，关心国家大事，支持国家政策，为国家的繁荣稳定贡献自己的智慧和力量。

实现国家繁荣是一个系统工程，需要政府、企业和个人三方面的共同努力和密切配合。只有当我们每个人都能够发挥自己的优势和特长，共同为国家的繁荣和发展贡献力量时，才能共同迎接一个更加美好的未来。

（四）民族复兴：历史的使命

民族复兴，这一宏伟目标承载着中华民族深厚的历史记忆与对未来的无限憧憬，它不仅是中华民族的历史使命，更是每一个中国人心中的共同梦想。自近代以来，中华民族历经沧桑，面对列强的欺凌与压迫，却始终没有屈服，反而更加坚定了追求民族复兴的信念。在新时代的背景下，随着中国的快速发展和国际地位的显著提升，民族复兴的梦想正逐步变为现实。

弘扬爱国主义精神，是实现民族复兴的精神动力。我们要通过教育引导、文化熏陶等多种方式，激发人们的爱国热情，增强民族自豪感和凝聚力。让每一个中国人都能够深刻认识到个人的命运与国家的命运紧密相连，只有国家强大了，个人才能拥有更加美好的未来。

增强文化自信和创新，是实现民族复兴的重要支撑。中华文化源远流长、博大精深，是我们民族的根和魂。我们要深入挖掘和传承中华优秀传统文化，同时积极吸收借鉴世界优秀文化成果，推动中华文化创新发展。同时，我们还要加强科技创新和人才培养，不断提升国家的核心竞争力，为民族复兴提供坚实的科技支撑和人才保障。

加强国际交流与合作，是实现民族复兴的必由之路。在当今世界日益成为一个紧密联系的整体的背景下，任何国家都无法独善其身。我们要秉持和平发展、合作共赢的理念，积极参与全球治理体系改革和建设，推动构建人类命运共同体。通过加强与国际社会的交流与合作，我们可以借鉴他国的先进经验和技术成果，同时也可以为世界和平与发展贡献中国智慧和力量。

实现民族复兴是一个长期而艰巨的任务，需要全民族的共同努力和不懈奋斗。我们要以更加昂扬的斗志、更加务实的作风、更加创新的思维，不断推动民族复兴的伟大事业向前发展，为实现中华民族伟大复兴的中国梦而努力奋斗。

家庭幸福、生活美好、国家繁荣、民族复兴这四者紧密相连，共同构成了我们生活的基石与人生追求的最高境界，是我们永远的生命归依。

（五）永远的生命归依

家庭幸福、生活美好、国家繁荣、民族复兴这四者紧密相连，共同构成了我们生活的基石与人生追求的最高境界，是我们永远的生命归依。在新时代的历史坐标下，我们应该更加珍视这份归依感，通过实际行动去践行家国情怀的深刻内涵和价值追求，共同推动中华民族的伟大复兴事业不断向前发展，让个人梦想与国家梦想紧密相连、相互促进。在新时代的征程上，这份归依感不仅是对过去的回望与感激，更是对未来充满信心与动力的源泉。

后记

你微笑不语，手中捧着这套“家文化丛书”，让我心里非常甜蜜。在我看来，那是我们盼望的最愉快的馈赠。

2023年12月，我们“家文化丛书”写作小组，创作的第一部家教书《家风：离不开的心灵雨露》出版问世。在不到3个月的时间，就引起了广大家庭的关注和读者的喜爱，于是第二次印刷发行。这是我们所料不及的。这种情况的出现，给我们原定创作家庭三部曲的设想，以极大的鼓舞和鞭策。

现在家庭三部曲的第三部《家国：永远的生命归依》也正式出版，我们有说不出的兴奋和感慨。

由于第一本书的写作，不仅激发了写作者的广泛阅读兴趣，深度思考家庭、家风、家教问题，更重要的是促使他们深入社会、家庭、企业、学校，去直接了解、感知家庭教育和建设的现实状况与心理诉求。特别是通过开展“家风读书会”的方式，与家长们互动交流讨论家庭教育和建设问题，进一步使写作者认识到编著家庭三部曲的重要性、及时性和实效性。尤其是近年来，我被邀到多个单位、企业讲家风课，受到大家的欢迎，课后听众与我近距离交流的情景，令人激动不已。当我知道不少家长和企业家把《家风：离不开的心灵雨露》一书，当作礼物赠给朋友时，心中那份感动和慰藉，真是无以言表。进而更加激发大家认真创作，不断升华创作水平的热情，决心把更好的作品送到读者手中。

在这里，我要简单介绍一下“家文化丛书”写作小组成员的组成情况。他们是：主编，谭仲池；总策划，文高永权、陈捷；策划，罗武战；创作部主任，罗柱。本书《家国：永远的生命归依》写作者分别是：第一编，唐学雷；第二编，王升华；第三编，罗柱；第四编，寻梓祥、毛于彦。

萧伯纳说：“人生不是一支短短的蜡烛，而是一支由我们暂时拿着的火炬。我们一定要把它燃得十分光明灿烂，然后交给下一代的人们。”在我看来，“家文化丛书”也许就是点燃人生火炬的一缕星火。它的火焰，尽管纤细微小，而其引发的巨大能量，却可以燃起照亮一代又一代人生命的灿烂火炬。

让我们高擎着这一支火炬，去照亮爱的繁花和幸福的天堂。

谭仲池

2024年12月1日